火焰在手中燃烧

［南非］蒙加内·沃利·塞罗特　著

黄少政　译

GUANGXI NORMAL UNIVERSITY PRESS
广西师范大学出版社
·桂林·

火焰在手中燃烧
HUOYAN ZAI SHOU ZHONG RANSHAO

著作权合同登记号桂图登字：20-2024-067

图书在版编目（CIP）数据

火焰在手中燃烧 / （南非）蒙加内·沃利·塞罗特著 ；黄少政译. -- 桂林 : 广西师范大学出版社，2024. 8.
ISBN 978-7-5598-7286-9

Ⅰ. I470.25

中国国家版本馆 CIP 数据核字第 2024W6A199 号

广西师范大学出版社出版发行
广西桂林市五里店路 9 号　　邮政编码：541004
网址：http://www.bbtpress.com
出版人：黄轩庄
全国新华书店经销
北京中科印刷有限公司印刷
北京市通州区宋庄工业区一号楼 101 号　邮政编码：101118
开本：940 mm × 1 230 mm　1/32
印张：9.625　　　　字数：100 千
2024 年 8 月第 1 版　　2024 年 8 月第 1 次印刷
定价：56.00 元

诗歌，蕴藏着永不屈服的正义与力量
——2024年度“1573国际诗歌奖”颁奖词

“1573国际诗歌奖”评委会主席　吉狄马加

在世界诗歌的整体性构成里，非洲诗歌一直是一个令人向往并充满独特魅力的板块。在那里，除了每一个民族都有着悠久的诗歌传统外，其文化的多元性，也体现在了非洲诗歌不可被替代的价值中，尤其是20世纪以来的非洲现代诗歌的出现，并随着“黑人性”和“黑人意识”所形成的影响了整个非洲大陆的文化觉醒，非洲诗歌也因此不仅成为抵抗殖民统治、维护民族尊严的工具。更重要的是，诗歌作为这个大陆不同民族在语言创造上的最高形式，其在艺术和形式上也取得了前所未有的巨大成就。特别是非洲现代诗歌在理论和实践上的重要奠基者列奥波尔德·塞达·桑戈尔、沃莱·索因卡、大卫·迪奥普、丹尼斯·布鲁特斯等人所获得的世界性认可，更是让非洲诗歌进入了不同语言世界的视野，特别是众多具有非凡创造力的诗人的出现，非洲诗歌毫无疑问已经在世界诗歌史上占有重要地位。

蒙加内·沃利·塞罗特（Mongane Wally Serote）是当代南非诗人的重要代表，他同样也是当下非洲诗歌的符号性人物之一。作为南非无可争议的桂冠诗人，他已经历了半个多世纪的诗歌生涯，与大多数那个时代的非洲诗人一样，其诗歌充溢着对社会不公的批判，对种族隔离和后隔离时代一切侵犯人权行为的抵抗，但令人动容的温情和悲悯，那些人性中最美好的东西，同样在他的诗歌中得到了完美地呈现。从本质上讲，蒙加内·沃利·塞罗特是一位具有抒情气质的诗人。他的诗具有复合型的结构，抒情、复调、递进、率性，间或不时出现的反讽；更让人赞叹的是，他在“宏阔”与“细节”之间，永远能找到一种难得的平衡，诗歌中的美学与抵抗，或许只有通过诗人的创作才能最终得以完成。作为一个经历了非洲大陆发生历史性巨变，特别是见证了他的祖国——南非——最终在这个地球上消除了种族隔离制度的杰出诗人，蒙加内·沃利·塞罗特以他的全部创作和诗歌行动，为今天我们这个世界再一次展示了一个崇尚自由、民主、反对暴力、热爱生命的新南非的形象，有鉴于此，我们将国际诗酒文化大会 2024 年度“1573 国际诗歌奖”颁发给当代非洲和南非诗人的杰出代表之一蒙加内·沃利·塞罗特 。

Poetry as an Inexhaustible Wellspring of Justice and Inspiration

——The Jury's Presentation Speech of the 2024 "1573 International Poetry Award"

Jidi Majia, Chairman of the Jury of the"1573 International Poetry Award"

Within the configuration of world poetry, poems from Africa have always been able to enchant readers with their singular qualities. In addition to the long, multitudinous literary traditions of its many ethnic groups, the diversity of cultures can be seen in the incomparable value of African poetics —this is especially evident in the emergence of modern poetry in the twentieth century, which worked alongside the movements of Négritude and Black Consciousness in affecting cultural awakenings throughout the entire continent. Thus, African poetry not only became a force of anticolonial resistance and of preserving local integrity, it also made unprecedented strides in artistry and form, representing the most profound linguistic achievements of the continent's peoples. Notably, global recognition of pivotal figures within its theory and practice—such as Léopold Sédar Senghor, Wole Soyinka, David Diop, and Dennis Brutus—has contributed to the spread of African poetics into the worlds of many other languages. Thanks to the numerous poets who have displayed extraordinary capacities for creation, African poetry now unquestionably occupies its own vital position in the annals of world literature.

Mongane Wally Serote is an important representative of South African poetry, as well as a symbol of contemporary African poetics. The career of this undisputed poet laureate of South Africa spans over half a century, and, like his contemporaries, his oeuvre is filled with criticisms of social injustice, voicing a resistance against the human rights violations committed during apartheid and its aftermath. Yet, there is also a profound warmth and compassion apparent throughout his works, and the most beautiful aspects of life can be found there, intact. Essentially, Serote is a poet of tremendous emotive capacity. His poems are replete with complex structures, expressiveness, polyphony, progressive levels, intuitive developments, and even the occasional appearance of irony. Even more admirably, he has always been able to find a rare equilibrium between immensity and precision. Perhaps it is only through the inventions of its practitioners that the aesthetics and revolutionary potentials of poetry can find resolution. As a poet par excellence who has lived through the historical changes across his continent—and particularly as a witness to the elimination of racial segregation from South Africa and the world—Mongane Wally Serote has shown us the image of a new South Africa that values freedom and democracy, that opposes violence, and that holds a deep passion for life. As such, we of the International Festival of Poetry and Liquor are proud to award the 1573 International Award for Poetry of 2024 to one of the most outstanding representatives of African and South African poetry: Mongane Wally Serote.

（加拿大）单小月 译

序言一

祖母：我的第一个读者和英语老师

十四岁那一年，我写下了自己的第一首诗。二十三岁左右，约当工作年龄时，我对家人郑重宣布，我已经确定我将毕生致力的事业——当个诗人。也是在那时，我秘密加入非洲人国民大会（ANC，简称“非国大”）。我已故的祖母李尔夫人——我们在家里都这么称呼她——和全家人都一脸困惑：为什么其他年轻人都在街上闲逛，或是上班，躺倒睡觉，而我偏偏不随大流，非要枯坐冷板凳写什么诗？这时，祖母一人力排众议，赞许我的选择，还当着众人的面鼓励我：“……写诗，你可得读好多好多的书。”说这话的时候，我已经读了好多书。

只是不知道，为什么那时我只在晚上写诗，也许是因为祖母这会儿心情最放松，而家里最安静，我们祖孙俩谈起来最投机。也许也是因为她喜欢我写诗时使用的打字机发出的“叮叮当当”的声音。

如果是深夜，我的烛光还亮着，卧室里没有传出打字机的声音，祖母就会发问：“……你的办公室怎么没有声响啦……”家里的每个人也会跟着她戏谑一番：“……你的办公室……”她会大声呼唤我的名字，问我是否在睡觉，如果没有，我在做什么，我可以去找她，泡杯茶，放松一下，她有事要问我。我过去给她沏茶，倒茶，我们就在厨房享受片刻轻松。我端起杯子，她问的第一个问题是："你那天给我念的那首诗你有没有修改？"或者："你现在在读什么书，你要不要告诉我书里写了些什么？"

那时我算得上是个书呆子。一做完家务，甚至在做家庭作业或学校作业时，我也会情不自禁拿起一份报纸或杂志什么的，其中有些杂志会刊登诗歌。

我的父亲是位热心的报纸读者，他还把我视为他的读报帮手，因为我读报时，不时会用铅笔，写写画画——重点字词，句子，就像我读任何其他一些东西一样。有些报纸会登载政治新闻。有时，我应他的要求为他读《圣经》，但这不是英文的，而是塞佩迪语的。这一切从我十四岁开始，一直持续到我祖母去世我离开家。我的父亲是一个自学成才的人，从未进过任何学堂。

祖母以慈爱著称。她性情严肃，心细如发，且韧性十足。她是一名洗衣妇，这意味着她年复一年靠濯洗熨烫白人的脏衣服养家糊口。所以，我们家的两个女孩——我的姐妹——我可以毫不夸张地说，她们都是最好的洗衣机，洗好了衣服，烘干，折叠整齐，熨烫，上浆，一条龙，都是个中好手。

我可没有夸大其词。我们家是家乡亚历山德拉小镇最整洁的家之一，花园里种满了红玫瑰。我们做孩子的都知道谁在哪一天必须做哪些家务，无论是在家里还是在花园里，或者为长辈泡茶。即使我的姐妹出嫁很久之后，这种家传仍在继续。

我姐姐的家是我见过的打理最好、最干净、最温馨的家。我这么说是因为我祖母的严格影响了我们所有人，除了做我的姐妹所做的每项家务外，我还必须做我们男孩的家务，她总是说："我希望我们家的孩子，不论男孩还是女孩，个顶个，都是好样的。"祖母身体力行。她自律甚严，做事靠谱。白人的衣服洗完、熨烫好、打包好后，李尔夫人会把它们捆扎整齐。我们这些孩子，姐妹，兄弟，以接力形式，在不同的日子里把打好的捆送到该送达的地方。有一天，姐姐问我："为什么这些白人从来不自己洗自己的衣服，要等我们给他们洗、给他们熨、给他们叠，而且他们穿的衣服，这么高档，我们都穿不起？"

我不记得当时我说了什么，但我记得我想了很多，但不敢问我的祖母，每当我们之间谈论这个问题时，带头的是我的妹妹。有一天，有人怂恿我去"……问问夫人……"，我没敢问。

我也不记得这一切是如何开始的。不过，也只是因为家里只有祖母时不时地问我有没有写新诗，如果我说写了她就会问写了什么，还会要我读给她听，一来二往，我养成了读诗给她听的习惯。我知道我必须非常自律，而且我必须确定我为什么写，为谁写。我还学会了在给她读一首诗后仔细听她感觉怎么样。祖母应该上过小学。她在为白人家庭做工时，学会了说英语。她确实经常扮演我的英语老师，而且我们为很多单词的确切含义争论不休，（感谢字典）就这样我们教学相长，彼此成就了对方。我们在一起讨论了价值观、政治，甚至在一起讨论什么样的人生值得一过。

每当我们一起讨论词汇或争论什么的时候，我经常在想祖母要是当老师，该是一个多么了不起的老师。抑或，她当个诗人、作家，她会写些什么样的作品。她很会讲故事，但问题是她的一个故事里会冒出无数个其他故事。我问她为什么这样做时，她会说："我希望你做个聪明人，有出息，我这辈子算是没机会了……”但更重要的是，我这么说并不是因为她是我的祖母——我喜欢我们之间那些词语的交锋，我喜欢我们之间天南地北的讨论。我和她变得非常亲密。她非常细心，事事安排妥帖，确保任何人，哪怕我的父亲、母亲及兄弟姐妹，都不会干扰我们在一起的那些谈论。我现在可以这么说，得亏祖母的威严，家里从来没有人干扰她和我交流诗艺，更不会有人给我泼凉水。

“夫人”就是我父亲的母亲。我从她和父亲那里，学会了如何与人和睦相处。不起争论，也不置气。我父亲从来没有与“夫人”争吵过，也从未起过任何嫌隙。他把这件事交给了我母亲。我还感觉到“夫人”是如何小心翼翼地、温和地从与他的歧异中悄然撤退的。我对这一点的感受很深，因为我知道父亲认为我靠写诗谋生的想法是没有意义的。他是对的。只是那时我还不知道他是对的。我认为祖母从来没有想过这一点，她更感兴趣的是教我了解人生，体察人世，我现在可以这么说。

祖母站在我身边，督促我，鼓励我，要求我向她解释为什么我会这么想，我是为谁而写，为什么。她成了我的导师和编辑。每天晚上，当家人都上床就寝时，我就和她开始谈论诗歌，我还为她泡茶。愿她美丽的灵魂安息。

有一天晚上，我读了一首诗给她听：

这黑黢黢的狗屎里到底是什么
我说的不是热气腾腾的那个坠落在
马桶里的东西

而是肚子里翻江倒海
从嘴里流出来
又咽了回去，
在嘴里翻滚，
细品它的味道并想知道接下来会发生什么
现在，我正在咂摸何谓“狗屎”的含义。
“狗屎！”你就会听到一位老妇人嘟囔着，
就在那里，她卧在床上
好大一张床啊　她硕大的身躯仿佛挤在一只小小的火柴盒里
虽然身躯肥硕且阅历丰富，
依旧看上去像个懵懂无知的小女孩，
第二天她仍然蜷缩在那只小火柴盒里，
上午十点了还在赖床，因财富而生病，
她准备为此献出生命
“而不是你嫁给我的儿子或女儿”。
“狗屎”不仅仅说说而已；
我的妹妹就吃了父亲的苦头，
她的脸与他钢铁般的手碰撞，
“因为她弄撒了我辛苦工作挣来的糖”
他大声吼叫，不依不饶，
对自己的巴掌造成的损害
毫不在意。
我学着好好发这个“shit”音
前几天

在通行证办公室，

我去当班，

一官员要派我去米德尔堡，

我用尽全力说了一句："狗屎！"

于是我感觉好多了

因为，我当着他的面说的。

这种事，想必老爸可不敢做。

这就是这个"黑色狗屎"的全部含义吧。

"夫人"失望至极。她半是担心、半是气愤我居然能写出这样的诗。她说："你这么凶巴巴的，真把我吓住了。你平素可不是这样的。到底是出了什么事？这可不是我们家的教养……"还没等我说话，她又插嘴道："你这么年轻，就这么没来由把什么都看穿了？"

我想我确实对她说过我可不是天性悲观的人，她打断了我。"答应我，你会撕掉这首诗，这种诗伤人，太刻薄，无来由的愤怒，它是有毒的愤怒，对你自己百害无一利，我们，就因为我们家为人本分，我们家可不是这么刻薄待人的啊，这是毫无意义的，一个人怎么能这样出语伤人啊。烧掉那首诗！答应我，你一定会的！"

我什么都没说。我没有回答她；出于逆反心理，当我的第一本诗集 *Yakhal'inkomo*（《吼牛》）出版时，我拿了一本给她看，她一页页地翻阅，直到找到那首诗。她把书抱在怀里，然后说道："能出一本诗集可真不简单啊。里面有很多诗我都很喜欢……"我知道她还在生我的气，因为我没有听从她的建议删掉那首诗：《这黑色的狗屎里到底是什么？》。

“夫人”吻了我的额头，我的第一位导师、第一位编辑，那个永远对我评头论足的人，而我初出茅庐，开始在诗坛崭露头角。她直视我的眼睛，把诗集还给了我。我坐在她旁边，拥抱了她。此后，每当我写作时，我都会想起她。我可以看到她，我现在和她说话，然后我就一如既往，给她读诗。

我们全家的孩子们，起了任何争执，“夫人”就会说：“...iipheng boto lona...！”（塞茨瓦纳语）粗略可以译为：“你们应该找到一种人道的方式。”我知道有这样一句话：“人非圣贤，孰能无过？”我同意；而且，我完全同意“夫人”的观点：21 世纪，我们依旧需要学习并找到我们身上的“人道的方式……”。

蒙加内·沃利·塞罗特

序言二

塞罗特：一位透过诗歌鼓舞人民反抗种族隔离的艺术家

1948 年，当时以阿非利卡白人为主的执政党——国民党，在当年的大选后开始实施种族隔离政策。政府将居民分为四个种族——黑人、白人、有色人种及印度人，各种族住在不同的区域中。在 1960 年至 1963 年，三百五十万非白人的南非人被驱离他们原来的家园，被迫进入各自被分隔的区域中，在法律上他们成为地方分权的十个班图斯坦（相当于南非国土百分之十三的面积）中的公民，将其政治权限缩在“国中国”内，其中四个成为名义上的独立国家。南非政府在教育、医疗、海滩及其他公共服务都实行种族隔离政策，而黑人得到的服务往往会比白人差，由此引发黑人社群的反抗。反对种族隔离的斗争采取了多种形式，包括公众抗议和武装战争。南非艺术家、作家、诗人，通过创作音乐、绘画和诗歌，启发鼓舞被压迫者，在反对种族隔离的斗争中也发挥了重要作用。南非诗人蒙加内·沃利·塞罗特，借抗议和抵抗诗歌、小说，为那些因种族隔离而沉默的人发出声音，恢复并强化他们的民族尊严和追求自由的信念。

1944年5月8日，即种族隔离开始四年前，塞罗特出生于索非亚镇。1955年之前，索非亚镇是约翰内斯堡的一个多种族小镇，尽管当时南非存在种族主义和压迫，但作家、音乐家和艺术家在这里和谐相处，创作共荣。然而1955年，索非亚镇被政府吞并，成为南非白人的保留地，摧毁了充满活力的艺术家聚居地。塞罗特和他的家人随后被迫举家北迁至贫困的亚历山德拉镇。他在亚历山德拉读小学，后来在索韦托上高中。在高中生涯即将结束时，塞罗特加入"非国大"，参与了反对种族隔离的政治斗争。

1960年，政府取缔"非国大"，由此导致"黑人意识运动"（BCM）诞生。"黑人意识运动"是桑戈尔"黑人特性"理论的南非版，强调黑人特别是年轻人，必须集体拒绝政府针对种族隔离制定的法律，摆脱"他们在某种程度上不如白人"的心态。塞罗特被这一理念所吸引，加入了该运动。然而，1969年，根据1967年《恐怖主义法案》，塞罗特被捕，随即停止参与这些团体的活动。

1967年，南非政府通过了种族隔离期间重要的立法之一《恐怖主义法案》。政府假称，之所以通过此法案，是为了打击和抓捕"恐怖分子"。然而，真实原因是政府企图削弱众多反种族隔离团体。该法案赋权警察可以随意追捕、逮捕任何参与反种族隔离的组织和人员。那些据此遭受逮捕并未经审判就被拘留关押的人，"报告说受到了警察的虐待，其他人在拘留期间死亡"。由于与"非国大"和BCM的联系，塞罗特成为这项不公正法律的受害者，被单独监禁了九个月。他在一首诗《守望者回顾》中描述了这段经历：

就像植物绽放一样安静，

眼睛告诉你：发生了什么事。
我想看看究竟发生了什么
当监狱成为家
就像死亡源于疾病一样，
我想看看究竟发生了什么。

在这首诗中，塞罗特表达那些遭遇不公正逮捕的人的震惊和困惑。塞罗特急于弄清楚为什么“如今监狱成了家”。

这段痛苦的经历成为塞罗特诗歌创作的机缘。彼时，南非有抱负的黑人艺术家和作家很难向外界展示他们的作品。然而，1969 年，塞罗特在名为《经典》的杂志上发表了他的第一首诗。该杂志由南非黑人纳特·那卡萨创建，他还曾为另一份杂志《德拉姆》工作过。当塞罗特的第一首诗发表时，他已经与 BCM 中的其他重要活动家建立了联系。通过这些联系，他与南非“黑人意识学生组织”合作，一同创建了南非黑人剧院。剧院上演的作品揭露了南非黑人面临的偏见和遭遇的各种歧视。他相信，通过教导黑人如何发挥创造力和自由思考，就把黑人从种族隔离政策造成的不幸和蒙昧中解放出来。塞罗特在他的诗《思者之思》中写道：

白种人就是白种人，
他们正在炙烤世界。
黑人就是黑人，
他们是燃料。
白种人就是白种人，

他们必须学会倾听。

黑人就是黑人，

他们必须学会说话。

在这首诗中，塞罗特强调，作为一个集体，南非黑人社区需要摆脱“白尊黑卑”的白人政权的洗脑。艺术帮助黑人“学会说话”，对抗因种族隔离政策的政府施加的歧视和压迫。上面这首诗出自塞罗特的第一部诗集《吼牛》。1972年该书出版后，读者反应不一。白人评论家忙不迭给出差评，不约而同给塞罗特贴上“抗议诗人”的标签，而不是评论诗歌本身的审美价值。黑人社区则反应积极，大家都认同塞罗特的诗歌反映了黑人的心声，并宣称他是“人民之子”。塞罗特携《吼牛》试水诗坛，一炮走红，1973年荣获英格丽·琼克诗歌奖。此后，塞罗特于1974年出版了他的第二部诗集《火烈鸟》。两部诗集都不仅仅关注当时日趋激烈的暴力螺旋，同时也聚焦黑人意识的思想深度。塞罗特的诗作特别关注“从平庸的奴性到自我意识的文化和心理转变的动力学驱动，因为黑人开始具备起码的黑人意识只是漫长解放道路上的一个过渡点”。他向南非黑人同胞表示，他们生来并不是为了满足白人的需要而存在的，黑人和白人生来都是平等和自由的。

在出版两部诗集后，南非政府把沃利·塞罗特视为一种威胁。为防范被捕，塞罗特加入了流亡者的行列，他择机前往美国，申请了富布赖特奖学金。该项目向国际学生提供奖学金，以帮助他们获得美式高等教育文凭。抵达美国后，塞罗特如愿获得了富布赖特奖学金并就读于哥伦比亚大学。

1975年，也就是流亡第一年，塞罗特出版了他的第三部诗集，名为《婴儿不许哭泣》。然而，这部诗集与他之前的两部诗集有很大不同，因为全书只有一首类似自传一气呵成的长诗。塞罗特在接受采访时解释说："当我写诗时，我觉得祖国同胞们的不幸遭遇压得我喘不过来气。我无法像以前一首接一首地写诗。"虽然是一部自传体作品，但塞罗特结合了黑人社群的集体遭遇和他自己的经历，传达了整个非洲都面临的集体苦难：

我可以说有一天

这朵花

将站在灿烂的阳光下

这朵花没有花瓣

一天

啊

非洲

这不是你的孩子回家吗

塞罗特鼓励他的人民认识到，只有成为一个集体并团结一致地工作才能获得自由。沃利·塞罗特的第三部作品极大地鼓舞了远在非洲大陆的黑人群众。他在美国的第二部重要文学作品于1978年出版，名为《看哪，妈妈，鲜花》。塞罗特在创作这部诗集时表示，在离开南非之前，他对人性与种族主义之间的关系并没有形成比较成熟的认识。而撰写本书给了他一个机会，研究世界各地种族主义和压迫的历史。"我还关心强权政治、其他解放斗争，以及美国在越南所做的事情，尽管了解这一切有些迟缓。我意识到发生在几内亚比绍、安哥拉、莫桑比克的斗争——意识到一个民族如何为了夺取生命而不得不否认生命。所有这一切都在《看哪，妈妈，鲜花》中得到了体现。”全诗描述了殖民列强和西方文明所犯下的可怕的种族主义和暴力行为。此外，他还探究了压迫者和征服者的深层心理：

在这些河岸上，死亡依然存在
它的步伐就像一个无法做出决定的人
谁是快乐与平安的孤儿

塞罗特揭示了历史上压迫他人的人已经失去了人性，因为他们缺乏欢乐与和平。塞罗特发现历史不断重演，每一次压迫者最终都会输给被压迫者。因此，那些受到种族隔离压迫的人应该通过不同的抵抗手段进行反击。有些人会拿起武器，有些人会和平抗议，而另一些人会唱歌并举行大型公众示威，以维持集体抗争的势头。

出版这些作品后，塞罗特于 1979 年从哥伦比亚大学毕业，获得美术硕士学位。完成学业后，塞罗特没有返回南非。相反，他前往博茨瓦纳，成为梅杜艺术团（Medu Arts Ensemble）的成员。梅杜艺术团于 1977 年由南非流亡者创建，他们寻求通过艺术弘扬非洲传统文化。与此同时，塞罗特与在博茨瓦纳的南非同志重新取得了联系，他重新加入了“非国大”，参与武装斗争，推翻种族隔离政权。

流亡期间，塞罗特很难了解真实发生在南非的种种事态，因为政府的作为对国际社会缺乏透明度。然而这些年来，曾经用来统治和控制南非黑人的法案和法律，终于开始反噬始作俑者。风起云涌的黑人反抗导致了血腥暴力和杀戮。殉难者的葬礼往往变成了大规模的示威活动，伴随人们高唱悲伤凄惨的歌曲。借助歌声，南非黑人不断聚集，共享一个目标：为自由而战。持续不断上演的镇压和暴力，招致了国际社会频频施压和制裁，要求政府结束高压统治。最后终于迫使政府解禁“非国大”，并举行自由选举。1990 年“非国大”解禁后，塞罗特回到了南非。回国后，塞罗特被任命为非国大艺术与文化部部长，同时他还将担任政府艺术与文化特别委员会的成员。

1992 年 10 月，塞罗特接受作家邓肯·布朗采访，讲述了他过去十八年的流亡经历。布朗向塞罗特提出了一个有趣的问题，即他是否觉得自己的作品在流亡期间受到了影响，因为他已经离开这个国家及其人民太久了。塞罗特回应道：“我承认一个作家最好和自己的人民时时刻刻同呼吸共命运。做到这一点，在场具有最大的优势。而我不在现场。因此，在这方面，我总是说流亡对作家总是一件残酷的事情，特别是因为我知道很多时候人们会说我是自愿躲避才选择流放的。这不是真的。当我必须决定是否回国时，我必须在两害之间做出选择，我选择了流放。流放固然剥夺了我的主要受众和写作灵感源泉，但我也认为有一个补偿，即我也扩大自己的读者群——作家的读者群应该是全世界。”

塞罗特并不否认，在流放期间，他与十八年前离开的观众失去了联系。尽管如此，塞罗特通过流亡获得了见识世界的机会。他了解了不同国家的历史和文化，目睹了不同社会运转的方式。塞罗特将他所学到的知识融入他的诗歌中，以便更好地书写他的人民在种族隔离制度下所开展的那些可歌可泣的斗争。

总之，在南非种族隔离期间，艺术家、音乐家和作家通过他们鼓舞人心的作品，为种族隔离的结束发挥了重要作用。诗人塞罗特位列这些艺术家、作家的前沿。他让人们知道，为了真正摆脱白人的控制，南非有色人种必须作为一个集体共进退，摆脱“他们应该为白人服务”的思维定式，觉悟“他们生而自由”这一核心真理。塞罗特通过他的诗歌唤醒了那些因种族隔离而沉默的人，并提醒他们捍卫自己的尊严和自由。

马修 · 威廉姆斯

目　录

塞罗特诗选

1

致我的同侪——音乐人

清晨我们一道散步，此刻狗已经厌倦了吠叫
我们的脚步，
迷失在嘀嗒作响的分针里
兴之所至　来到我们从未想去的地方
比如
记住分针在鞋底下的样子
那里有我们的血
我们的肉体，卡在鞋底下，变成了泥土
血肉化为泥土
那个时刻，就像我们所知道和听到的所有掌声一样
宣布我们不过是一群蝼蚁　注定遭人践踏
疲惫的午夜时刻握住了我们的手
空荡荡的街道上　灯光注视着我们
我们在床上不停辗转反侧
好像床垫是一堆不慎爬到炙热土地上的虫子
啊

音乐制作人，某一天你的羽毛折断了

你的威力　瞬间　就像雪花飘落在地上　遁形

记住

你驾驭时间　就像死亡驾驭生命

2

歌之子

（致詹姆斯·马修斯[①]）

你听到夜晚爆发出笑声
狗开始狂吠
你已经度过了这一天
听到猫在废弃的汽车下做爱的叫春声
你的记忆
就像你的眼睛
就像你的胡须
见证了这一切
不然你为什么要问起我关于尼娜·西蒙[②]的事情
从你的眼神
胡须看得出
你经历了这一切
因为你的胡须透出酒精的味道

① 詹姆斯·马修斯，南非反抗种族隔离运动中的重要诗人。——译者注，以下注释皆为译者注，不再一一标出。

② 尼娜·西蒙（Nina Simone），美国知名爵士乐歌手。

你的记忆在你的眼前不断跳动

不然你为什么要和奥西·米亚姆[①]一起唱歌

空虚的日子

以及那些扰乱你睡眠的夜晚

歌曲的孩子

告诉我们

曾记否

我们如何坐在黎明的子宫里

百无聊赖

期盼未来

就好像艰难的当下困扰我们的夜晚

曾记否

我们踉踉跄跄在充满哀悼气氛的街道上

到处都有人在骂娘

委实，白天和夜晚都不属于我们

曾记否

某户的宝宝是如何从十楼上跌落

摔死在柏油马路上

霎时鲜血四溅在街心花园的花瓣上

所以你听到了法律的笑声

---

① 奥西·米亚姆（Ausi Miriam），Ausi 是茨瓦纳语，姐妹的意思；Miriam 指著名歌手和自由战士米亚姆·马基巴（Miriam Makeba）。

你会对你儿子说什么

哀悼吗？

或者我的儿子，每一次哀悼都是一条危险的小巷

是的

先知声称可以预知未来

而当下却把先知化为齑粉

所以

歌之子，唱吧，别哭

我们用歌声和舞蹈反抗死亡

曾记否

天空是蓝色的，因为天空空无一物

小心，我的兄弟，公园的长椅

坐在那里

一个自由战士必须处处时时睁大眼睛

3

移动中的阴影：布拉·泽克·姆法勒[1]

我们如何眼观耳闻

从中学到警惕自保

当一只眼睛被刺

就会剩下一个空洞

这个遭受攻击的生理空间

天差地别

剩下的空洞就像子宫

会随着记忆而悸动

眼睛，

伴随着它急促的脚步走啊走

然而当它静止时，就像一条随着呼吸而起伏的河流

虽表面上一动不动，其实一直在蔓延、蔓延

我们根据眼神判读

比如

---

① 布拉·泽克·姆法勒（Bra Zeke Mphahlele），南非已故杰出小说家、诗人和记者。

眼睛会像挂满果实的树枝一样折断

因为没有选择之类的东西

比如

眼睛看到他们所看到的

让空洞颤动

伤疤是我们曾经经历过的时刻

一个人哪怕只剩一只脚　依旧在行走　他必须行走

4

热量与汗水

（写给那些身心俱疲的姐妹兄弟）

所以你不断回头张望
如果过去的呼吸声你没有倾听
现在抹去了你的名字
孩子，不要让疯狂的陌生人的笑声夺走我们的脸庞
当下对我们的歌唱浑然不解
令人震惊的是我们仍然像从前那样走在街上
失魂落魄
听到有人说起我们的名字
感到撕裂和困惑
令人惊讶的是，尽管我们的目光交错
尽管我们步态似乎跛行
我们仍然添油加醋给孩子们讲故事
所以你不断回头张望
黑暗如此浓重，足以触及你的眼球
即使黑暗填满如此巨大的空间
准备好无法满足的口渴，吞咽，甚至准备好吞咽

最后一滴红色的水滴仍然从你的心口滴下，

你没听到歌声吗

如果我们歌唱，它们就可以活在当下

歌声透出我们母亲背后的力量

以及祖母的远见卓识

关于从未有过的时间

节奏令人陶醉，令人眩晕的大地

孩子

走路时感受墙壁并握住，握住

将目光注视远方，继续前行

往前走，孩子，往前

即使我们没能抵达

没有人必须。

5

熄灯之后

（写给所有蹲过南非监狱的人）

(1)

熄灯　夜幕紧随
太阳升起降落
月亮盈亏
我们彼此问询对方，声音透出疲惫：
这就是坐牢
枯坐　干等
每一分钟过得如此沉重
继之以虚无
甚至一切都是用血写成的
其中并没有提到我们如何明天醒来　开始新的一天

(2)

你的眼皮合上，如果它们曾经闭上的话，
以及你认识的人的记忆，
关闭眼睑的黑暗背后泛滥的洪水

逐渐陷入痛苦模式
只有你知道，一旦有希望
曾经　人们的脚步声在地平线上响起
现在
寂静跨越天空
太阳开始出汗的地方，宣告着休息的愿望

(3)

我们可以告诉你吗
你们是漫长的一天、漫长的夜晚的孩子们
希望永远不要与傻瓜成为朋友
是的
时间，以绝对的雄辩，可以抹去我们的容颜
还记得沙佩维尔惨案[①]吗？
彼时，暴力和灾难触目尽见
而现在
你只能作壁上观

① 沙佩维尔惨案（Sharpeville massacre）发生于南非种族隔离时期（1960年3月21日），事发地点位于南非川斯瓦省（其中一部分属今豪登省）沙佩维尔的一处警察局。

(4)

所以有一天希望又开始行走

它低语

关于我们看到的扭曲的尸体

在这个知识渊博的地球上遍布街道

眼泪

血液

记忆

以及诞生的知识

我们度过的每一分钟

穿过一片荒野，那里没有路

尖叫声此起彼伏，仿佛永不停息

当希望寂灭，希望又开始行走

然而

就像我们说的

希望永远不要和傻瓜做朋友

(5)

因为我们有眼睛可以看到

耳朵

和手指触摸

只有我们知道如何利用时间——

你能听到脚步声吗

6

大城约翰内斯堡

在此我向您致敬：

我的手伸向裤后口袋

或者放进我夹克的内袋里

摸到了我的通行证，这可是我的命根啊，

约堡市。

我的手像一条饥饿的蛇撑起我的口袋

我摸到了我那羞涩的钱包，

我的肚子咕咕叫，我友好地微笑着

饥饿，

约堡

我的胃也吞噬铜板和纸张

你不知道吗？

约堡，我向你致敬：

当我跑出去，或者在公交车上呼啸着去找你时，

我把爱人留在房间，

形似漫画中草草的搭建，近旁是一条干沟

尘埃飞扬，
我的死亡
它与我的关系就像眨眼一样。
约堡
我在你亦黑亦白机器人管理的公路上通勤
吸入浓重的铁粉
早上六点吸入，直到下午五点呼出
中午。
外卡城是最好玩的地方。
那是我来到你身边的时候，
当霓虹灯花从你身上闪烁不停
一股电风
那是我离开你的时候
你的霓虹灯花炫耀自己的方式
通过
黑暗降临
辉映一簇簇水泥树。
下班我回去，回到我的爱人身边，
我的干沟，我的尘土，我的人民，我的死亡，
死亡潜伏在黑暗中，就像一把利刃
肉体，
我能感觉到你的根，锚定你的力量，

我的软弱

在我的肉里，在我的思想里，在我的血液里，

你的一切都在说明，

这就是你需要我做的一切。

约翰内斯堡，约翰内斯堡，

听我对你表白我的心声：

城中仪态千般　活色生香　与我却毫不相干，

当你给女人和男人只留下

呆滞冰冷的表情，

如泥土沟壑般的表情

被泪水侵蚀，

约堡市，你干燥如死人，

约翰内斯堡，约翰内斯堡，约翰内斯堡。

7

亚历山德拉[1]

如果可能，妈妈，
我会直面告诉你
我见识过比你可爱得多的母亲，
最慈爱的母亲，
我要弃你而去，亚历山德拉，
但我们只有一位母亲，无可替代，
正如我们无从选择出生一样，
我们无法选择母亲；
我们受到母亲的影响，从生到死　耳濡目染
亚历山德拉，
我的生命起始与你息息相关，
就像你最终会了结我的一生。
你在我内心的寂静中颤动
你在我喧闹的心跳声中沉默了。

---

① 亚历山德拉是位于约翰内斯堡附近的一个黑人小镇，诗人在此度过童年。

亚历山德拉，我经常哭泣。

当我口渴的时候，

我的舌头舔到了灰尘，

灰尘重重覆盖在你的乳头上。

当我口渴时，我会哭泣，

亚历山德拉。

你的乳房渗出干沟的脏水，

用我的兄弟、你的孩子们的鲜血稀释的水，

谁曾经选择一条干沟作为临终床榻。

你爱我吗

亚历山德拉？

还是你对我做了什么？

你吓到我了，妈妈，

你的表情就像你对我很讨厌一样

你吓到我了，妈妈，

当我躺在你的胸前休息时，

有件事告诉我，

你真是太绝情了。

亚历山德拉，地狱

你对我做了什么？

我阅人无数，

但我觉得偏偏自己甚至不能算作一个完整的人，

亚历山德拉，

你对我做了什么？

我感觉自己已经沦落到如此温顺的地步了！

我随便什么平躺着，

路人踩着我的身子

走到很远的地方。

我已经多次弃你而去

我还是回来了。

亚历山德拉，

我爱你；

我知道当所有我去过的那些外部世界对我变得有趣时，

我默默涉水回到你身边，

躺在瓦砾之中，

寒酸　黑色。

8

成长之道

不对!

这不能算作死亡

当树木放任枝条

硬生生侵入住户的窗户，就像

你把手指杵进他人的眼睛一样。

刹那时　你会蒙圈

眨眼或闭眼，

都来不及

树枝侵入窗户，树叶落在窗台上，

万千思绪，四散奔逐，堵塞心灵。

是的。

这是关于万物如何生长的一幕活剧:

如果你逼人太甚，我只能退避，

并非质疑你如何逼人太甚　事关你有如此迫人的天赋权利，

如果你继续逼迫我，我不会回击，但我会

思索此中的道理。

如果我想通了，坦然

修剪树枝，打扫落叶，

此刻，思想得到了成长，

然后是言语，然后是行动。

所以如果我说修剪，而不是一砍了事

这不正是万物如何生长的道理吗？

9

地狱，好吧，天堂

我不知道我去过哪里，

但是兄弟，

我知道我来了。

我不知道我去过哪里，

但是兄弟，

我知道我听到了你的呼唤。

糟透了！我在向隅而泣

但我还是枯坐直到现在，

我不知道我去过哪里，

但是兄弟，

我知道我会来：

此刻，我如潮水般涌来，

但是哦！我脚下有沙子！

我不知道我去过哪里

感觉如此虚弱，天啊！太累了。

但是兄弟，

那是曼昆库[①]的号角吗?

糟透了！我的灵魂像遭受殴打的身体一样疼痛，

但我还是坚持到现在。

我不知道我去过哪里，

但是兄弟，

我不知道我去过哪里，

但是兄弟，我像风暴一样席卷草原，

还有！我面前横亘一堵石墙！

我不知道我去过哪里

恐惧如旋风般强烈（会那么短暂吗？）

但是兄弟，

我知道我来了。

我不知道我去过哪里，

但是兄弟，

那是杜米尔[②]的身影吗?

哎呀，我的心怦怦样跳动，无法平复；

而我身上的伤痕——什么时候才能成为伤疤呢?

但我仍然可以走路、工作并且仍然微笑。

我不知道我去过哪里

但是兄弟，

① 曼昆库，一位南非知名的音乐家。

② 杜米尔，一位知名雕塑家。

我知道我来了。

我不知道我去过哪里，

但是兄弟，

我的声音就像闪电划过群山。

但是哦！我有铜避雷针！

我不知道我去过哪里

但是兄弟，

那是托科[1]的声音吗？

地狱，好吧，天堂！

---

① 托科，当代南非知名歌手。

10

我的街头兄弟

哦，你们这些黑人男孩，
你们那么单薄的身子　近于影子，像夜里的寒意一样出现，
夜色中响起你撕心裂肺的脚步声，
我街头的兄弟们，
你们在监狱里度假，
在医院短暂栖息，
对侮辱报以微笑，
对白人怕得要死，
哦　你们这些黑人男孩，
你们这些席卷黑色牧场的洪水，
躲避射来的子弹，
街头的兄弟们，
那些一边喝酒一边听唱片的人，
目睹母亲和姐妹被强奸毫无反应的人，
从白人手中接受施舍，
从其他黑人嘴里抢面包，

哦　你们这些黑人男孩，

谁流血就像说开溜一样容易

来吧

我的街头黑人兄弟，

听吧，

黑人妇女在啜泣。

11

不再是陌生人

是我们，是我们
索韦托的孩子们
兰加　卡基索　亚历山德拉　古古勒杜　阳加[①]
我们
一个有着悠久抵抗历史的民族
我们
敢于抵御强者
因为这就是自由，只有自由才能满足
我们的渴求——
我们确实从恐惧中学到了一个真理：只有我们自己
才能攥紧历史
赢得自由。
记得我们这群孩子
好像没有母亲，甚至没有生命一样

① 兰加、卡基索、亚历山德拉、古古勒杜、阳加，皆为黑人聚集区城镇。

我们如鬼魂飘荡在夜晚

失爱的街道

被如此残忍、无情的使者所拥有，他们

操着我们听不懂的外语

让我们互相对立

记住

问问任何一个父亲

什么才叫绝望

恐惧如何向爱发起攻击

枪声划破夜色

奔跑的、惊恐的脚步声与

心跳

因恐惧而疯狂的心跳

这么多个夜晚

这么多个夜晚，我们中的许多人

倏忽之间

从生到死

对于这么多残酷的死亡

在这样无情的夜晚的卑鄙街道上

天哪

记住

你和我或我们中的任何人如何

带着对死亡的强烈欲望
我们喝得七荤八素
威士忌、大麻和宗教
记住那种令人心碎的绝望　感觉自己一文不值
作为碎片
记住我们渴望的死亡阴影
我们现在在这里
想起身后的夜晚
当孩子们被枪杀时，当他们
血洒街头
他们瘦弱的身躯中弹在街道上滚动时
仿佛是发疯的石头
滚下山来
记住这帮孩子多么勇猛　视死如归　往前冲
遭到射杀摔倒在地
仿佛坠入深不可测的深渊
我又来了
一个男人或一个女人
从吸血鬼贪得无厌的胃里出来
称为工厂
夜里行走，沾满了鲜血
孩子们

周五晚上困乏已极累

去哪里？

不要告诉我们索韦托、亚历山德拉、兰加

他们的鲜血干涸

化为灰烬

是我们　是我们

历史的教诲

鳄鱼意志面前的恐惧

我又来了

多少个残酷的夜晚教会我们

压迫者永远有罪

我们一定会回击

树木、山脉

这将是卡鲁的寂静和炎热

这将是河流之歌

回击，我们汇合一起

回击

夜晚为我们提供庇护所

白日见证却沉默

这将是我们

绷紧钢铁以获取自由

和

我们会告诉自由

我们现在不再是陌生人了。

12

我安心等待

我曾多次遭受饥饿

就像舌头上沾满沙子

泪水，如火焰炙烤我的眼睑

眼前一切都模糊不清。

我想知道。

但是哦！常常，时不时，无论我去过什么地方，

喜悦，如道路般真实，

像宜人的风景一样在我内心蔓延，

像银光闪闪的河流一样在我的肉体下流过；

现在我知道了；

经历了如斯的洪水和干旱的肆虐，

我安心等待

13

燃烧的香烟

这个黑人小男孩
就像从盒子里抽出来的一支香烟一样，
点燃。
他看着烟燃烧　希望
旋转、螺旋、卷曲
直到燃尽。
他像烟灰一样成长
温顺，无害；
最后闷死。

14

献给唐·马特拉[1]——禁令

一个干燥惨白的季节

深色的叶子不会长久，它们短暂的生命会枯竭

它们怀着破碎的心轻轻潜入地面

甚至没有流血。

我们遭遇一个干燥惨白的季节

兄弟，

只有树知道痛苦，因为它们仍然挺立着

干如钢铁，枝条干如铁丝，

确实，这是一个干燥惨白的季节

但一切都会过去。

① 唐·马特拉，已故南非杰出诗人、作家和记者，塞罗特亲密的战友和朋友。

15

衣服

早上我回到家。

台阶上，

我穿了多时的鞋子

湿漉漉，不时渗出水来，如同窗户沾满露滴；

这双鞋子终于开始大休

从它们买回来簇新那一刻。

彻底报销了。

扭过头，回看，

晾衣绳上挂着

衬衫、夹克和裤子

可怜兮兮，

皱巴巴的、滴下红色的水珠，也许还有带咸味的水珠；

粉色衬衫的右侧有一道口子，

污渍告诉了少数知道底细的人

着衣人是一群生死始终悬于一线的人。

无色的外套上还残留着泥土，

懒洋洋地从身体上掉下来

落入下面干燥的土地。

超大号的黑色条纹长裤，

挂在一侧臀部，

就像一个厌倦希望的人，

吊在绳头上，

厌倦了希望。

16

序幕

当我拿起笔的时候
我的灵魂爆发，玷污了纸张
脓液溢出——
播散
画线条为一人形，违逆我的爱，
当我拿起笔
我赤红的心渗入墨汁，
稀释
传播我生命中的宝石
让我对世界发出一声叹息，——
我的另一个，当我跳舞时你的眼睛跟不上
看着我的眼睛，
在那里，讲述了我那天的故事。

17

死之欲望

我们彼此很了解。

他是我的兄弟；

现在他死了。

南非都在谴责他

不在亚利克斯——他死在哪里，凶手就在哪里。

不！

他的罪行？（谢谢，他现在一死销百罪）

他没有通行证。失业，不名一文，上无片瓦。

吃什么喝什么？他和朋友们分享啤酒，

他的临终之床是一条泥泞的干沟，

毯子，沾满露水的绿草，

是的，现在一切都结束了，他沉默了，漠不关心。

肃静！

死神刀割肉。

时间让他的热血干涸了。

他很清楚，独自一人躺在一条干沟，

这个濒死之人；

他的右臂上的伤口流着血

黑人如此遭罪，却如此隐忍

我思摸

那些用刀杀人的人

就是这样死去的吧。

即使在亚历山德拉？

18

一个熟睡的黑人男孩

他趴着身子　躺在地上

脸庞深陷在绿草中

硕大的夹克遮住了他的头，热量传到了他的耳朵上，

全身脏兮兮

污垢渗出他的肉体，就像腐烂的气味

路旁传来颤动的脚步声遮掩了他，

池塘里流水的嘶嘶声　仿佛为他催眠

硬生生的河水　发出咆哮；

路过的大人们的目光

像沸水的气泡一样胡乱扫过——这个小男孩有一天会死去

嘴唇合拢一处，烟蒂粘在嘴角

19

仰望上帝的愿望

上帝，

愿有一天当太阳拭脸

月亮像狗一样不停拂去讨厌的苍蝇

我不会执念　再去书写

倒毙在街上的人们，七窍出血

以及被人用行李箱弃之在干沟的婴儿窒息而死。主啊，

我不是恳求或祈祷

我只是有礼貌

克制骂娘的冲动

我很平静

那一天　我看到一个妈妈模样的女人冲着你

冲着坟墓高声诅咒

我知道

逝者长已矣　不论怎样的恸哭也无济于事，我没有错

为了

自从我去墓地安放一个被刺死的男孩

上帝

你懂的

我想了又想　思来思去

想到人们谈论你的那些宏源　嘉言　关于来世的种种承诺

我从未有过的美好生活

但也许我不会为你而活　为什么

对不起

此刻我感觉想诅咒一回

20

阿们！亚历山德拉

亚历山德拉，
我本人　以及许多其他熟识你的人，
我们目睹过你的豪迈　坚毅的双脚　立定在大地上
脊背浸透了凄风苦雨，世事棋局在你的羽翼之下，
参透　像风雨袭来，沉默的神圣秘密
我们亲近，我们所爱的人　眼泪和最后的喘息　密密实实
压在我们的肉体上
如同休克之于心脏；
亚历山德拉，你是一道雷霆，直击我们的心房
一个残酷记忆的时刻，现在你在推土机的轰鸣声中
在天空形成尘埃云，
我们颔首称是，
就像很久以前我们所做的那样，我们颔首称是，
因为我们在最糟糕的时刻颔首称是，
此刻，泪珠大如瞳孔，滴落在地上。

21

圣诞节

就像你抓住的燃料火焰，

如此沉默，

就像初升的太阳一样。

时间似书　页面现在堆积在左边，

男人的腿变成了翅膀，

当他们飞向你时，他们的心冻结了。

死亡皱起眉头　这一天，

因为死亡知道失败的滋味，

地平线拥抱女人的腹部　这一天

因为他是在那里跌倒并被流放。

我们赶上这一天

火焰舔食物料

我们将竞相舔舐，

在我们身后，就像在泥土中干涸的脚步，

别人心中的记忆——

死亡。

22

死亡调查

我做了一个噩梦

梦境太真实　就像我是黑人一样真实　这场冲突

噩梦袭来，我的头像一块石头一样沉睡着，我的头躺在床上

一块干沟里的石头

昨晚我做了一个噩梦

像一根羽毛一样　逸入我的脑海

一个朋友跑进院子，表情极其恐惧

死亡狂奔

我认识的一些人对他紧追不舍

像狗一样凶恶

紧追一个垃圾箱里跳出来的一头牛，狂吠　我的朋友冲进了我家

我也逃之夭夭，

我无法将目光从肩上晃来晃去的闪闪发光的刀上移开

砖头从我头上呼啸飞过，我们就这样狂奔

我呼叫我朋友的名字，他也呼喊我的名字

我们沿着一条巨大的干沟狂奔，这条干沟吞噬了我的尖
　叫声，
而我全靠这条干沟过活
加沙·布特莱奇王子[①]居然在附近
他和过去的老伙伴在开会
坐成一圈。
我看到那些人手操棍棒，殴打一个跪着并尖叫的男孩
　几乎把他的脑子打开了花
我逃跑了
跑到弗兰克在第九大道的家，发现
　一辆推土机在我之前就停泊在那里了
我被砖头绊倒了
砖块像饥饿的老鼠一样啃啮我的脚趾，我的耳朵里跑进去
　某物
一只蟑螂
拼命想把长腿藏进我的耳朵里　疯狂
它锋利的小头直接刺穿残酷的
连尖叫声都不会在这样的梦中出现，为什么
这台该死的推土机正当其时，它
牙齿滴着血；

---

① 曼戈苏图·加沙·布特莱奇王子（1928—2023），南非政治家和祖鲁王子，自 1954 年起担任祖鲁王室的传统总理，直至 2023 年去世。

砖头、柱子、大块混凝土、锌、破碎的台阶、门、破碎的
　玻璃、弯曲的窗玻璃、破碎的花盆、木板、扭曲的鞋子
遍布整场演出
就像一个完整的故事，
我又开始狂奔
我的脚趾在流血
我把我的心像一件夹克一样握在右手里。

23

赞美诗

我躺平在地上　像一只倒毙在地的爬行动物

我躺平在地上，心事重重紧紧攫住我的心

一个受惊的孩子

胃里恐惧翻动　眼前悸动

我是一个黑人男孩

我是战胜失败的人

一个令我意外的惊喜

一天需要担负的重任让我的肩膀又红又青　但是　唉

黑夜的胸膛涌入我的眼帘

妓女的尖叫声和狂吠的狗是我的伙伴

生命的瞬间和死亡的发生交织在一起

我拖着双腿

沉重的脚步在黑色的影子上跳动

就像一次有目的地的旅程啊啊啊黑人小孩

我像拔掉的杂草一样仰面躺着，一具死尸　血如河水在我
　体内流淌

毛孔大张，汗水涌出　淹没了谎言

我像每个成人过活每一天

暮色四合　我打破了白天的阴影，渐渐笼罩在我的房子上

我不是成人黑人

我只是一个黑人男孩

我已经驯服了身下悍妇一般的女人

我握住孩子们的手并带领他们

唉，孩子们

他们抬头看着我，仿佛我的眼睛是挂在树上的成熟果实

孩子们看到阳光照进我的眼睛

看到我的脸在月光下闪烁

也许他们也听到我的哭泣声

我已经哭泣过

24

长路漫漫

我们不能仰面躺着

我们无法伸展双腿和手臂

我们不能在火红的太阳下展示我们柔软的白色肚子，我们不能仰面躺着

我们问一句——

漫漫长路是如何测量出来的呢？

是岩芯透漏秘密了吗

还是土壤

被犁刀刺穿，沿犁刀刀片不断剥落和滚动时

透漏什么秘密？

土壤流泪

成熟　一个必须接受种子的伤口

喃喃低语？

令人愉快的低语

当刀片切割、转动和滚动时

距离——衡量等待种子的能力

土壤会说什么吗？
太阳在这里用热力歌唱
我们不能向太阳展示我们柔软洁白的肚子，因为太阳长了牙。
季节如何丈量漫漫长路
就像一个恋爱中的女人发问
透过眼神　面部表情　指尖
像刚出生一天的婴儿的肌肤一样柔软——
他们问：如果爱如此直截了当，你该如何接住？
四季自有伟力，战胜时间
攀爬树顶
登日揽月　问道：
漫漫长路　如何丈量？
隆隆的牛蹄声流向河边
河水泛滥，植物在土壤中呼啸而过
一个男人光着脚，衣服被染红了
一颗比铁轨更坚硬的心读取太阳和河流
并拿起枪。
何谓漫漫长路——？
如果喜欢四季轮替
周而复始
长路何其漫漫

如果你身上的伤疤

就像春天的土壤定期接受犁刀的切割

开始心有戚戚　期待

试问，何其漫长？

我们不会像所罗门的芦荟幼苗那样仰面朝天

荆棘如阳光般明亮，这里的寂静司空见惯。

保罗·彼得森[①]　我们请教卢图利[②]，曼德拉[③]，坦博[④]，

漫漫长路该如何测定？

当比孩子手臂还细的箭杆，如今像春天的花朵一样绽放

萨索尔爆发出红色、蓝色、紫色、橙色火焰

我们要问，漫漫长路该如何测定？如果你看到我的眼睛

在我圆圆的脸上，仿佛它们是两个赤裸的乳房

如果你倾听寂静，他们就会盯着看，盯着看，盯着看

就像黑暗中秘密恋人的叹息，而不是像碎玻璃般的哀号

你看到了

无数红、蓝、绿、黄的火焰

---

① 保罗·彼得森，美国演员。

② 艾伯特·约翰·卢图利（Albert John Lutuli，1898—1967），南非籍教师和政治家。因非暴力反对种族隔离，1960 年荣获诺贝尔和平奖。

③ 纳尔逊·罗利赫拉赫拉·曼德拉（Nelson Rolihlahla Mandela，1918—2013），南非特兰斯凯人，为南非反种族隔离革命家、政治家及慈善家。1993 年荣获诺贝尔和平奖。

④ 奥利弗·雷金纳德·凯札纳·坦博（Oliver Reginald Kaizana Tambo，1917—1993），南非反种族隔离运动家和政治家。

对着寂静的天空尖叫，当你触摸

如同一条蛇在旋转。不安，一切都在变化

啊我的爱人

这意味着时间到了

当小孩子像种子一样

必须刺破大地，脱颖而出，春来冬去。

25

凝视悲伤

肉身被阴影笼罩
心会被阴影笼罩
沉重的阴影像脉搏一样起落，
在目力不及的遥远黑暗中发出声音。
　呜呼哀哉！
你坚定的双脚踩在一条舌头上，
眼睛疲倦，如同微弱的光线，
心灵绝望，就像双手寻求抓握一样。
水流般无声地流动
潜入并蚕食肉体
去往那些我们无法追踪的目的地！
哎呀我的悲伤！
像上帝一样难以捉摸
你的天堂在哪里
你从哪里用机枪扫射你冰冷的影子？
血淋淋的悲伤！

你扼杀了微笑，就像冰雹扼杀了花朵，
你辣手摧美，你抛弃了美
戴上一副铁丝网的表情。

26

失落或重新寻回的世界

真理的天空变成了一幕幕场景
听任我好奇的眼睛的摆布，
我眨眼的次数更频繁，
拉上窗帘
切断并忘记天空。
身份之海是泪水，
表情太咸了
我的蓝色静脉在流血　我的笔，
在松散的沙子上啜饮，
风将帮助遮盖它，
来自需要的动脉。
希望之山开满了花朵，
通行证像蜜蜂一样吸引汽车，
对于珍贵的现代蜂蜜
那就是钱。
这种现代的疯狂

将花朵从茎上折断

留下干枯的尸体，走在街上。

昔日的愿望就是当下的作为，

明亮，让旧的令人眼花缭乱；黑暗，让新的惊奇——

这就是我们现在的情况：

失落或重新寻回的世界！

27

过去的足迹

我们既无法选择出生
也无法选择死亡，当死亡来临时
我们对自己的生活方式了解很多
随它去吧
从那时起，设身处地，我们了解了死亡呈现的各种姿势
暴力可以抹去视线甚至扼杀耳朵
或者让我们的嘴唇保持沉默
我可以说
当我们看着你的脚步夺走你的生命时
多种死亡方式，而你被推入一场飞行之舞——
我们的目光从你身上移开的方式
翻阅许多其他的面孔和眼睛，寻找保证
这是我们在绝望中发出的唯一的尖叫声
所以
我们看到了。婴儿接二连三地从体内诞生，好像你的子宫
　是一把狂怒的机枪

所以他们来了

我们在一旁观看

我们的眼睛凝视着你的脸庞，你的脸变成了一个

深不可测的空间

你的脸庞，深邃　黝黑

无视头晕目眩的小声恳求，我的妹妹马希迪索

沉默是一种理解，由痛苦教导

在我们彻夜的噩梦中

被狗吠叫　我们看到你以很多很多的方式死去

现在你已经死了，现在你已经过去了

脚步声

你残酷的步态　我们坐下来，我们叹息

我们的记忆又被上了一课　是的

当我等着听人们讲述你如何死去的时候

你是否躺在尘土飞扬的街道上

濒死，或者你躺在床上　渐近咽气

这已经无关紧要

28

晨间散步

天空罩着一层厚云

低垂暗黑如同夜晚，

但那是早上，

人们熙熙攘攘，

赶去上班，

我散步开始回程，

街市上的一切我熟视无睹，

我正陷于思考手头正在撰写的某一部书某一章节，

不知何故，想起某个地方一个朋友

昨晚说过的一番话，

而这本书的人物在我面前不断跳跃，

就像一杯清凉饮料在玻璃杯中迸发出的火花，

然后我看到一只黑狗走了过来　它的嘴对准了我的脚踝，

　准备下口

我不假思索出脚把它踹得老远！

黑狗被我这么一踹　蹦得老高，然后坠落在地，

重重地摔在地上

发出哀鸣　令人惊心。

我回过神　才知道自己出脚这么凶狠　居然踹了一只小狗崽；

天哪，我感觉糟透了，就像说谎被人拆穿一样

这时节，

我认出了一个女孩正从远处走来，

我暗暗诅咒，

有时你不想见到你认识的人

我感觉糟透了。

我们见面时我微笑着，她说给我拍张照片，

我说“好嘞！”

我们没有停下来说话

我继续前行，结束早上的散步……

29

奥法伊[1]——老人

他们该是在某个地方漏气了　掉了链子。为什么？
着衣　仿佛挂在骨架上，
将身体向下拉，
漫长的旅程。
夕阳眼里的人们，
呼出的气息　有恼人的味道，
像小猫一样爱说话，
就像母鸡对小鸡一样保护。
老人。
遗憾　只能让他们坐在阳光下，
在肮脏的台阶上或房屋后面，
日复一日，等待，
看青春如河水奔腾
到大海，

① 奥法伊，南非英语，沉静，处变不惊之意。

老人，

观看和等待

死亡。

30

关于好奇

我脑海里有无数双眼睛

眨眼；

关注生命的脉搏，

跳动、大步迈进，仿佛永远，即使我看过，

我知道；

有些人

就像植物一样死去

而脉搏仍在跳动。

生命是一个季节、一片田野、一段时光；海洋的潮汐

流动和洪水，

留下难忘的时刻，刺痛我们的心

当整个肉体抓住生命之流时。

回望　这里，那里，

许多问题涌现——就像孩子天真的嘴唇

发表一篇演讲，哭着发问：

我们活着到底是为了什么？

看起来毫无意义。

我固然够不上富贵，但也不至于断炊，

但我确知一个愿望，

饥饿具有毁灭性的力量。

在那遥远地平线的尽头，我像一只鸟

欣喜地飞翔，

飞向友谊的天空，降落下来，

坐下并孵化鸡蛋。

但我对他就像他对我一样吗？哦，对事物的质疑刺痛了我的心，

践踏了我们想要的永恒；

我们是奇迹狂人

事实上，我们是真理的存在——生命的寄宿者，

开始时发光的眼睛，结束时闪烁的眼睛； 同时

我们体验到一种生命的完整性，

一种神圣。

广阔而平静的天空

大海深沉的脉动将我们联系在一起，

只是一根脐带，我们与永恒相连，我们的母亲，

永恒。

无尽的地平线吞噬了一切。

因为人类只不过是一个浪子漂流四海。

图案

眼睛，耳朵，思想，我们的血液，我们的心，编织而成。

饥饿，

天啊！

人是一个伟大的小生命，

他想回家

却又害怕死亡

死亡不过是受难罢了。

31

再一次：距离

你应该记住
因为记忆不像眼睛，不知道睡眠　今天来自过去的昨天。
那天的脚印如风
现在到处都是
在一个无辜孩子的眼里
曾经像燃烧的塑料一样枯萎并死亡
还记得当地保护区吗？
一个由石头、沙子和干沟组成的毒气室，那里的一天就像
　酷刑一样骇人
询问
你会吃什么你会喝什么你会睡在何处？
夜晚就像星星一样降临在我们的脑海里
谵妄中一闪一闪。
那天的脚印如风
在我们国家到处都是——在一个人疯狂的眼睛里
谁的刀，在黑暗的乡镇街道上，将寂静的夜晚撕成血淋淋

的尖叫，这个孩子
他们的祖先曾经像驯服的狮子
很久以前的某一天
被捕获并被送到一个又深又黑的洞穴里
掘金，
是你的兄弟，他们的日子就像酷刑一样骇人
询问
你会吃什么你会喝什么你会睡在哪里？
他们的思想像星星一样
闪烁着困惑。这一天的足迹
新鲜可辨
无处不在，
再说一遍：距离。
风吹啊吹，水流啊流
白天过去，夜晚来临，白天过去
时间：
此时此刻
就像蜜蜂对花朵一样
像蚂蚁和蚁穴　　像蠕虫和它们的尸体
移动、移动、移动
啊我的爱人
让我们给世界写一封信

我们手掌的爱抚　我们指尖的触摸

以及温暖的夜晚　我们嘴唇的温暖

凄冷

很快就会成熟为婴儿的第一声哭声！

32

另一个亚历山德拉

天空和神秘的上帝都在密切注视下方

血流成河

泪水枯干

惨叫声　渐息

母亲们现在离开了

白布头巾胡乱遮着脸

他们垂着头

宰杀的羊挂在树上，猩红如落日

这里，

只有孩子们

还在欢笑、玩耍、蹦跳

亚历山德拉，

街道开始戒严

门

窗

探头探脑

小女孩站在那里舔嘴唇

挠腿

她对孩子和大人行止如此一律

感到茫然

她的小脑袋一片懵懂

纯真被硬生生剥夺了；

亚历山德拉，

这个小女孩怀抱另一个哭泣的孩子，

心脏怦怦跳动

被哄入睡

当她和布娃娃玩耍时

渴望被牵着手讲故事，

男人们坐在台阶上，直视着太空

表情空白

甚至没有注意到女性经过

亚历山德拉，

实实在在，女人们都心知肚明

坟墓不仅在地下

对于这一点，蠕虫们最有发言权，面带嘲讽的微笑

每当他们听到我们唱赞美诗

这些女人——

汗如雨下

汗珠像凝视的眼睛一样大

仍然露出甜蜜的微笑；亚历山德拉，

如果爱是痛苦

我把爱随身携带　在膀胱里

我一路

跌跌撞撞

如同醉汉

漆黑　全身激动不已。这就是我

观看

倾听

如同丈夫与小妾密谋

当我们在破沙发上坐定，我听到有人宣布谋杀

喝酒

我喝醉了，心像龙卷风一样翻腾——

连根拔起的树

当妓女的尖叫声在黑暗中旋转时

我听到一个男人像女人分娩一样哭泣

当他恳求饶命时；

亚历山德拉，

我目睹全部罪案现场

为了

我，生来就是睁着眼睛的

我的心在流血

我的腿上沾满了血迹，我扭着双手

漫不经心

当你的街道开始褪色

房屋东倒西歪　坍塌

你的脸像女人一样扭曲，痛苦万分

此刻，

坟墓张口结舌——

亚历山德拉，

我背对着你，秘密在我心中

在我腿上

我不能看

因为你的双腿被锁链分开

你的脏衬裙沾满了血

你受伤的伤口流着血

33

嬉皮还是嗨皮

怎么了？　有人说了什么？

你的头发如雨从天而降，

还是地狱？

你的眼神令人恐惧，有时就像受到惊吓的婴儿。

你在追随基督——你倒霉了

我听说。

报纸上就是这样说的，

你知道

而你只想四处走走，

他们说你有不少证书；

也许你就是一件行走的艺术品

臂膀就是你的武器

脸上　义愤填膺

34

妈妈，我们

妈妈、子宫

伴随着初升的朝阳的光芒，

在地平线之内

拥抱

以肉体和人工

事工已告完成。

一声叹息

水渍

血流

包裹，露出

终于传出哭声！

妈妈，

你会造人。

人类如河流，

滚滚而下

倾泻

诸多疑惑

进入思想源泉的泥沼：

女人的美丽

就是实力。

哦，月亮的力量

就像在天上行走的小男孩

光耀云端，灿烂天际

妈妈的脸庞，

华彩顿生。

埋藏在你肉体的蜜蜂之花，

妈妈，

你忧郁的眼神也宣告

人要经受怎样的苦难

有一天，你的儿子，

将会合手

叠起双脚和心灵

堆出一个鼹鼠丘，

而不是一座大山

35

经验之歌

我们挑选武器
林波波河[①]的水以令人窒息的方式吞咽
子弹与痛苦之歌
那里鸟儿都不敢涉足

凝视着这片水域的月亮现在布满了血丝
就像一个无法入睡的醉汉的眼睛
一个疲惫不堪　心事重重的醉汉

林波波河两岸，死亡如影随形
步履蹒跚　就像一个举棋不定的人
闷闷不乐　愁容满面

我们现在选择武器

① 林波波河（Limpopo River），流经南非林波波省的一条主要河流。

妇女停止生育，招致死亡

在那些日子里，在林波波河两岸之外

这个词在这里：改变

没有底线　上不封顶

唯有坚持抵抗不懈的人

我们现在选择武器

不自由　毋宁死

舍此　我们怎么可能存在这么久

事物的关键：自由才是目的！

我们一向谦卑地享受喜乐与平安

舍此　我们宁愿怒目制造一场风暴

我们现在选择武器

像父亲和母亲一样，我们可以创造美好的一天

我们知道生命的秘密

我们现在选择武器

我们也让他们做出抉择

我们会坚守故土；也许他们也喜欢我们的故土

36

街灯、灯光和房屋

孤零零的路灯，

发出若明若暗的光芒　左摇右晃

灯柱已经干枯，

奶奶，奶奶

给我讲个故事，你苍老的手好似灯柱，

阴影就像你的眼睑

影子是墙壁、房子的影子

墙壁上有洞，门窗有伤口，

奶奶，请奶奶

给我讲个故事，

那些门窗，

它们是眼睛和鼻子吗？

为什么房子看起来像废弃的蜘蛛网

蜘蛛吃了人吗？

奶奶，奶奶

给我讲个故事

为什么我走路的时候会发出声响

为什么我走动时，影子就会移动，

为什么光线盯着我　连眼都不眨一眨？

奶奶，奶奶

给我讲个故事，

为什么月亮那么明亮

还要有漫天星斗

他们盯着光　一言不发？

奶奶，奶奶

给我讲个故事，

我的胸中有一面鼓，鼓声隆隆，我的肋骨在颤抖，

路灯并不在意，房子看起来死气沉沉

路灯就像一只大眼睛

奶奶，奶奶

你看，那些布满灰尘的铁丝网就像睫毛一样，

路边那些干沟好似泪滴，

还有我面前传来的脚步声

奶奶，奶奶

响亮而仓促……

奶奶啊啊啊

为何街道好似犁沟如此崎岖？

37

一首诗

我们当中每个人行进
大地的胸膛在颤动
因为那里就是我们的家园
地球始终守口如瓶
它有时自言自语
不时被各种悸动打断。
我们每个人都会回复
当蠕虫在大地之中
在我们身上挖掘真相

38

聚酰胺

女人　跪下来，赤身裸体，

你沉重的头颅低垂，

乳房丰硕

厚重的背脊，

合力把你拉低；

看看你肥硕的大腿　臀部

看看吧。

上帝用巨大的手指书写世界

还有什么犹豫吗？

它们写下一个我们生活其中但懵懵懂懂的故事。

跪下来，女人，

我们天生就会躺在你的背上，倚靠你背负，

你只消看我们一眼。

事实是你看到了一种安排，

水是咸的吗？有血，

血也是咸的。

跪下来，女人，你就这样赤身裸体。

我们在等待，我们想知道。

（杜米尔的《向母亲和孩子致敬》雕塑）

39

啤酒馆女王

她的手臂呈 V 字形　啤酒罐[1]
夹在腋下，
她迈着大步，步态笔直，
赤脚快速滑行，
目光定格在远方
来到啤酒馆。
在她回来的路上
她是女王；
她的脚步很慢
小心翼翼不要弄洒——
像母亲搬运东西　温柔牢靠——
头顶上的啤酒锡罐纹丝不动
冒着苦涩泡沫的棕色啤酒
让男人和丈夫

① 种族隔离时期，禁止黑人在啤酒馆喝酒。

远离这个纷扰的世界，

一起在她温暖如家的房子里。

40

黑铃

单词

制造痛苦

就像贫穷会带来痛苦一样。

单词，

像思想一样难以捉摸，

就像生活一样，

每个人都会被套牢。

我想知道是谁套牢了我

我被套牢了，

两次，

如同一个单词

可以表示两种意思

文字和怀蒂

把我套得死死的。

我读书。

全是单词，

单词

我想逃出来

却被单词套牢　还有怀蒂

不，不，不，怀蒂

我知道我被套牢了

无助

绝望

全是因为你，怀蒂！我想逃出去

嗷嗷嗷

黑色封皮《圣经》，

血肉之词　不，狗屁，

阿们。

41

冷眼观世　细雨中

不知道这个故事是否属实
但如果是我听来的，它就是真的；
故事就像欲望一样塑造我们，
将我们的某些部分搬来搬去
我们就是这样：
被搬来搬去。
没有什么可以激发差异
在车流或队列中，
或者婚礼或者葬礼，
来自蚂蚁线
当它们把猎物移到洞穴时——
羊或者牛
从畜栏到牧场。
我们像马一样拉车
我们的思想不会从这里移动到那里，
我们只是认为我们这样做。

真理是风。

不知道这个故事是否属实

但我感觉到了

还有故事，就像眼睛里的海市蜃楼，

成长到真理。

我不知道世界从什么时候开始，

我发现它在行进，

我意识到它像年轻女士一样炫耀，

不知道这个故事是否属实

我听说

你听人说起我们的处境如何不堪；

你知道，谚语饱含人间智慧

如同黎明启动一天的行程

42

河流折弯处的思考

我们来到河流折弯处，
河水流淌，河水退潮，
泡沫浮动　破裂
泡沫露出我们的头皮，
折弯很长，宽阔，
手和心收缩，渴望触摸，
在那又宽又长的折弯处，
如果河水没有显出红色和咸味，
就会有一股刺鼻的气味，我们的心紧随显出深红色
在那又长又宽的河流折弯处
河水潮起潮落，有时会干涸成尘埃；
我们来到河流折弯处，
轻轻地　放慢脚步，
如同临终者的脉搏一样微弱跳动，
河流折弯处，我们赶到了
波浪未及形成　破碎，

许多人会死在那里，

很多流水未及形成波浪，

只是窥视一眼　便消亡，

就在那儿，在河流折弯处，

波浪喘息着，气泡迅速破裂，

就像濒死之人瞑目，

有一天我们会醒来，

河岸的岩石壁上会有巨大的水滴流过

河边的芦苇枯干，如同枯骨；

河流流动的声音将被听到，

流淌，流淌，流淌。

这条路将是又长又直，

泡沫会破灭，就像回眸的眼睛，

但河流将像鸟儿的歌声一样流淌。

43

眼神闪动

一个大热天

眼睛干涩

吞下了脚步声

眼神开始闪动

抹掉光

四下寂静，影子在不停移动

眼睛

沉默　闪动　暗示着伤口

发生的糟心事，正在发生的糟心事……

44

她的名字是“杜蒂”

斩断她所有的思绪，

就像一个忠诚的花匠在春天到来之前剪断玫瑰枝，

杜蒂，一个前程灿烂的女孩；

手里攥着一大把钥匙　芝麻开门

而我们只是在幻想中，

才有可能持有这些钥匙；

哈罗　再见；

在她的名字和需求之间，

她的脸庞；沉默

我们这个世界已经厌倦了倾听

姓名和需求；

我们最近对未来

拉上了窗帘

每当真相在尴尬的时刻浮出水面时，

真理就是这副德行

我们的窗帘变得花里胡哨，

就像被宾客宠坏的孩子；

我们开始露脸

因为没有什么可以击败脸面——

他们决定；

杜蒂那张脸呼喊着我们无法忍受的一切，

我们不会听到。

她的名字叫杜蒂，

一张脸显示她很清楚她的需要，

她有一大把钥匙；

你好——再见。

45

夜间

树木似乎在黑暗中流汗
路灯看起来像湿润的眼睛
当窗户发出的光芒在拉上的窗帘上渐渐褪去
房屋将它们沉重的影子轻轻地投射在黑色的大地上，
休·马塞克拉唱歌
和罗伯塔·弗拉克
珀西·斯莱奇
汽笛声像玻璃一样打破了蟋蟀的歌声，刺穿了家中低沉的
　说话声，
这时一辆车呼啸而过，
一辆踏板车，
匆忙的脚步声来了又消失
很快人们就会睡觉。
明天街道上将充满脚步声，匆忙的脚步声
奔跑的脚步声
急匆匆地在城市里，在摩天大楼里，屏住呼吸，有尊严地
　玩捉迷藏。

46

战士注意事项

（杜米尔·费尼[①]）

(1)

所以，记忆依然好使

稀薄如沙砾，广阔如天穹

溅起的水花仿佛永恒的大海，汹涌澎湃

将所有面孔和地点折叠在自身内部

他们的经历就像遭受锤子和铁砧之间的打击压碎的瞳仁

时间

如此真实又如此残酷

记得那又怎样

当你真的出生在错误的时间

记得那又怎样

当你的视线和你母亲的视线就像舌头和嘴巴一样

发出令人目眩的尖叫声

记住

---

① 杜米尔·费尼（Dumile Feni），当代南非艺术家。

只有做梦的人才知道什么是噩梦

所以，记忆依然好使

忘不了那些非礼勿视的地方，字迹幼稚

诸如

耳边传来机枪的扫射，你读过墙上的涂鸦：

只有法西斯　才会杜绝自由

只有自由　才会杜绝法西斯

时间流逝

就像被噩梦打破的睡眠

记住

为何消息一直没有传来

他们攻击梦想　反而教会我们如何等待　而消息却从未传来

记得老人的脸是祈祷的姿势

他们嘴唇说出的每一个字都像泪水溅在滚烫的钢铁岩石上

记住

多么像一艘船在惊涛骇浪中航行

老人笔直行走，穿过噩梦，拒绝被淹死

记住

那些死去的人的消息怎么从来没有传来过

(2)

所以，记忆依然好使

明亮如天空　阳光洒满大地上

夜幕降临，影影绰绰

默不作声　行进的脚步走向黎明

我们行进，不断行进

昼夜不舍

长路漫漫

每一步都留下新的伤口

记住

每一次鞠躬，家人的眼睛被剜去，

听到脚步声消失在浓密的阴影中

还记得这个罪恶的时刻吗？

母亲们或寡妇

不能再生儿育女

当他们的儿子们睡在灌木丛中、渡过河流、迷失在这样的时代——

就像一场风暴一去不复返，记住，沉默

当时间把我们一一背叛时，似乎

我们从来不知道也不相信生命，所以我们被扔进火里

记住痛苦和绝望的节奏

在眼窝的深处，火在燃烧，眼睛里充满了恐惧

还记得走在街上双腿是如何颤抖的，

还记得我们的舌头是如何无言以对的

啊

这是一个多么恶毒的仪式

我们从未起舞祈祷

一系列噩梦般的时辰

把我们滞留

带着令人眩晕的笑声

像火一样危险的愤怒，我们被迫滞留在这里

然而该来的消息却始终没有传来

（3）

所以记忆冻结，就像死亡本身一样

或者我们学会反抗死亡的新方法

记忆在这里像饥饿一样真实

所以就在这里

在各种地方，任何地方，

每一天都会变老，更新我们的记忆，记住消息传来时的情况

那些逝去的人被奇怪的东西吞噬了

远方的河流还记得

当我们得知那些逝去的人学会了使用喷火的长矛

消息传来，梦想变成了一场漫长的噩梦

那些已经逝去的人

已经成为鳄鱼牙齿的磨牙物

被埋在像河底这样奇怪的地方，
还记得
希望从心中踉踉跄跄地走开是什么感觉？
当我们开始知道像人体这样的东西
居然
会平白无故消失
埋葬在回忆里，
所以，白昼　　阳光当空，记忆依然好使
月亮见证却保持沉默
我们可以记得
老一辈人是如何死去的
他们眼睛里闪烁着光芒
他们演讲时多么雄辩滔滔
甚至他们过去坐着凝视的样子，
仿佛失明，沉默，仿佛无言以对
他们不是在敦促我们，孩子，往前走，
你看，记忆仍然好使

47

冷眼观世

我要思考一下发生了什么；

不动声色，

就像植物的根刺穿土壤

我要看看到底发生了什么

房屋之上总是烟雾或灰尘弥漫，

恰如一条死狗总是招来逐臭的苍蝇。

我想看看究竟发生了什么。

不动声色，

就像植物呈现出的颜色一样沉默：绿色，

让我细思一下究竟发生了什么

房子逼视之下，我纳闷：还有活人吗？

因为当我发问时有些不对劲——那个人还活着吗？

我想看看到底发生了什么

不动声色，

像植物的生命一样安静，

我细思

当刀子在人身上钻进钻出时
如同白天和黑夜的时间一样。
我想看看到底发生了什么
须臾之间
就像植物绽放一样不动声色，
透过眼神告诉你发生了什么事。
我必须看看究竟发生了什么
监狱居然替代了我们的家，
就像死亡源于疾病一样，
我想看看究竟发生了什么。

48

思者之思

(1)

在我的灵魂里，

那里平静如睡眠的黑暗，

寂静时时袭来；

被击中，被像记忆一样的心跳击中

那个，一开始，

一开始事物开始用一只脚走路，

另一只脚已经被时间砍掉了。

(2)

我来自那里，

那里的孩子没有玩具，他们玩泥巴，

男孩女孩都无事可做，

他们的思想是实验室，他们的身体是仪器；

我来自那里，

那里的父母是其他男人和女人的孩子，

老人们就坐在那里等待死亡
就像人们在等火车一样。
我来自底层，
我的朋友都是温柔的人，看上去未老先衰，
他们近于天生地养，
就像住在空房间里的老鼠一样，
他们像羊一样温顺，盲目地追随对方。
他们和我都来自底层，
底层的底层。

(3)

在这个布满许多眨眼的坑里，
我的心舔过并尝到了怜悯的滋味；
有时死亡就躺在那里，你像猫和小猫一样相互舔过
但是哈哈，广播，报纸，
就像说谎的算命先生一样：
当受过教育的人说话时，
就像排队等候
公交车始终不来
为什么？
大海很古老
仿佛我在沉睡，眼睛看到闭着眼睛的平静，

就像我睡觉时耳朵在听
当我看海的时候
为什么?
我想知道
为什么有时候心情不好
当人们一言不发
为什么?
人们喜欢喋喋不休——
为什么?

(4)

我的母亲和父亲就像基督
原谅他们，因为他们知道自己做了什么：
我降临人世间。

(5)

人如花：
远观，吸引你。
把花带回来，
置于花瓶，花会枯萎。

(6)

我在某处读到过，
我读过一个故事
很伤心。
一个孩子在母亲的背上，
品尝母亲的爱，然后中弹——死了。
就在第八大道的某个地方，
我不忍直视，
一个孩子被车撞倒了
他正在街上玩耍
死了。

(7)

白种人就是白种人，
他们正在炙烤世界。
黑人就是黑人，
他们是燃料。
白种人就是白种人，
他们必须学会倾听。
黑人就是黑人，
他们必须学会说话。

49

实际对话

巴斯[①]，你唬不住我。
只要我现身
我们四目相对
在这个漆黑的夜晚，漆黑如同我的肤色。
我不怕你
我们总会撞见
不期然。
你也用不着怕我——
要怪，就怪你心里有鬼
当你害怕我时——
我会责怪自己的大脑出了什么问题
当我害怕你的时候
夜晚就像我一样漆黑。
巴斯，你唬不住我，

① Baas（巴斯），南非英语，贬义，意指种族隔离时期的白人，也指称职场老板，泛指社会上欺上瞒下的头头脑脑之类。

我的心像大海一样广阔

你的心无垠如大地。

巴斯总是有理，

只是你吓不住我。

50

我——你永远也休想击败

我——你永远也休想击败

我要不断困扰你

你的孩子被诅咒了

只要你继续行走在这个地球上

只要我一息尚存

你撕破了我的衣服

伤及我的肉体

甚至撕裂我的肉体

鲜血

四溅

你伤及我的骨头

打碎

企图臣服我的灵魂

我——你永远也休想击败

刺头　苦主

我就是你的影子

和你

如影随形

即使有一天

太阳升起

和你如影随形。

51

再一次做回我们自己

骑在我们头上作威作福的人
你们的末日已经来临
如果我们是我们中的大多数人
而我们大多数人就是意志
我们齐声说不!
当我们大多数人都去
为美好的时光
灿烂的未来不懈努力
未来就会不期而至
当说谎者大势已去
当剥削者诡计用罄
依旧不放弃,
剥削我们
他们的好日子
终于到头了
当我们齐声说不!

52

熟悉景象的赞美模式

（献给泰比和塔博，我的两个弟弟）

(1)

因为我们已经知道了如此可怕的事情
比如直视灾殃
以及
你说生与死都会流产
就让我们说
超越时间，在漫长炎热的一天里
你的母亲，她的肉体在熊熊的火焰下融化
确实树立了一个榜样，证明人在疲惫不堪之时如何淡出
　人生
甚至
我们的心在哭泣
或者像你的另一位母亲所说的那样　流血
她的呼吸浸透在渐渐消逝的脚步声中
我们都知道
凡俗如你我　我们如何遭受暴力毁灭

(2)

我们目睹了世上发生的一切

因为没有人会选择失败

然而，在我们父亲的脸上，涂鸦　我们读出了失败和奋斗

所以让我们说

也许我们吸取了教训

就像

我们的舌头在扼杀攻击中幸存下来

我们维持一种简便的话语：

也许我们不能拥有土地，但拥有一个家并不是一种恩惠

我们知道这一点

所以我们会把流亡定义为摧残

我们永远不会对宣称拥有一个家心怀喜悦

(3)

我的兄弟，我说过我们的习惯可能很糟糕

比如

在欢笑和愤怒中行走

欢笑：因为我们知道米老鼠长什么样

而愤怒是一种说法：我们知道卡菲尔出自他人之口是什么意思

我们不能一边过活　一遍嘟囔着人生毫无意义

我们活着　就必须剥夺其他生命，
是的
我们对此必须把话说明白

（4）

在这个地球上，在这个时代
政治是种族灭绝游戏的规则
我的兄弟
无知是邪恶的
径直往前走　一条道走到黑并不明智
我们必须明白我们只有一次生命
生命不能受饥渴辖制，
不然，死亡也可以是一种说法。

长诗：自由哀歌[1]

我又来了

历史既是生也是死

历史也会转世

用言语道出

感受和行为

历史行走在街市上

一次次重演

就在你的家门口、临窗处，眼前

我再说一遍

让我从头说起

我们犯不上这么悲伤

毕竟　历史就是人生　为人生而历史

---

① 《自由哀歌》(1997)被批评家奥拉鲁瓦(Olaoluwa，2012)描述为一次融史诗和挽歌为一体的成功写作。就其篇幅(32开版跨69个页码)，《自由哀歌》足具史诗风范。就其基调又是挽歌，因为它涉及与反种族隔离解放斗争相关的悲伤、痛苦和死亡问题。本诗据大卫·菲利浦出版社1997年7月31日第一版译出。

这不仅仅是一个悲伤的故事，也不应该是

记住

或许本意并非如此

这不仅仅是一个悲伤的故事，也不应该是

傍晚时分

太阳消失了，乌云密布

雨中的开普敦，风声鹤唳

不应做悲催状、执迷

在心里

除非受到挑战，否则应保持积极向上

所有的付出和努力都是值得的

开普敦

云雨之下

这

美丽的上帝总部

开普敦

编织在风和云中

在大山的凝视下

这里

在开普敦

南非仿佛一座巨宅矗立在那里，发出咕噜声

不远处，罗本岛[1]

就在开普敦

男男女女

聚集在一所大宅高谈阔论

一逞口舌之快

这些先驱者

但是之后

不再与自私的愚人交往

或傻瓜

女人和男人的幽灵在飘荡

有失谦逊的人都是傻瓜

他们内心充满了尔虞我诈

他们不择手段

记住

一个人达致乐观

这委实就是一种成熟

放在心上

灵魂

和休息的身体

① 罗本岛，17 世纪至 20 世纪期间多次被用作监狱、关押政治犯的医院和军事基地。南非法院曾判处曼德拉“密谋推翻政府”等罪名，曼德拉前后共服刑二十六年半，其中有约十八年在此度过。

骗子、傻瓜、骗子、背叛者
这就是他们的全部，
如果他们打败了你
如果他们打架或对你撒谎
如果他们作弊
如果他们殴打、欺骗或绊倒你
他们是傻瓜
今天是愚人节
这个悲伤的夜晚，惨淡的景象
惨淡的曙光
你看，老一辈
离世之前
尽管他们阅世深
不乏见识
却并没有对我有所晓谕
事关
当你说爱的时候
当你谈论权利和义务
也
包括当你谈及、陈述
你的恐惧
疼痛

迟疑不定

因为爱也是一种欲求和需要

以上种种，他们都没有告诉我

现在

我知道了，阅世已久

我是一个男人

我曾经多少世情沧海

品尝多少人生的甘苦

女人如何挺立

睁开眼睛

耳朵

她是如此手脚麻利

心思缜密

做事专心

处处彰显女性独特的气质

她敢于说

这些年来女性独领风骚

我

我这个黑人男孩，没有过过一天舒心的日子

我的青春岁月

童年伴随连天炮火

是在战争中度过

抗击种族主义

抗击性别歧视

为了人人享有正义和平等

我们的日子必须是

我们的一天

我们所有人

建立我们想要的，打破我们不想要的东西

去爱

饮酒

唱歌

去了解并找出

一起投入更多的战斗

为了平等

为了和平

为了这该死的稳定

为了不再有兄弟阋墙和内战

或任何战争

对于这样的社会

你看，男人和女人是平等的

为了和平岁月，心神宁静

在心里

生命之流

对于稳定性来说

这就是美本身

为了活着

生活只存在于生命中

当

苍蝇扑扇

发出嗡嗡声

当苍蝇继续飞舞

你看到它们

你听到它们的声音

它们触碰你

用脚和翅膀而你无动于衷

它们用舌头舔你

给你洗澡

并把脚和翅膀搭在你身上

并在你的前方或上方

飞来飞去

而你却显得无助

这岂不悲哀?

真是悲哀

记住

事情本不该这样

没有人能承受吸引苍蝇的恶臭

如果它们这样做

现在已经很晚了

阴影和寒冷

在这里

一头脚深陷泥淖的牛

不啻是一头死牛

死去的牛　已畜尽其用　不能再被役使

当我造访那些业已没落的王国时

我问班图统治者

为什么会这样

这就是特兰斯凯[①]？

这就是西斯凯[②]？

是谁统治了我们的家园？

我

继续发问

当我行走在丘陵之上，漫游在群山怀抱

攀爬

下来

① 特兰斯凯，种族隔离时期十个班图斯坦（黑人家园、黑人国家或简称家园）之一。

② 西斯凯，南非政府曾将开普省科萨人驱赶至此地。

登上山谷和峡谷

或绿意朦胧

或岩石狰狞

围绕着粼粼河流和宏阔的天际线

其中有松树和蓝桉树

粉红色的

白色

茅草顶的绿色小屋

锌、水泥和泥浆

遨游

攀登、飞翔，耀眼的地平线

如牛、山羊和绵羊

就像一只移动的凝视的眼睛

保持步伐并观察牛羊采食

这里的风景

贪婪的男人和女人在那里蹂躏土地

翅膀为什么长成这样

这里发生了什么

我在心中发问

在蒙上灰尘的牧草和干树的叶子中

岩石裸立，石块狰狞

贫穷君临，高踞在王位上

特兰斯凯和西斯凯

乌姆塔塔[1]

比绍　莱博瓦　加赞库鲁　姆马巴托[2]

往昔的一切，人们失智，癫狂

泥土、镀锌板和塑料构建的小屋

山羊、牛、绵羊和猪

这里

群畜置身之间，它们在说什么

这些是什么东西

这里发生了什么事

这里

空气、风和热量

这里

你所看到和能触摸到的

弥漫着贫穷的魅影

闻到了我朋友的味道

你看到它并且可以触摸这个东西

飘浮并且飞翔

人们的眼睛和脸上

---

① 乌姆塔塔，曾是特兰斯凯的“首都”。

② 比绍，东开普省首府。莱博瓦曾是种族隔离时期的一个班图斯坦，位于德兰士瓦；加赞库鲁，同上；姆马巴托，同上。

步态和手势

男人的

妇女的

它居住在这里，散发着孩子们的味道

贫困

人的脸庞和四肢都扭曲了

贫困长着利爪和尖牙

贫困极其残酷祸及一切

成了生活的一部分

为什么会这样

面对这一切

你们这群班图统治者居然毫无作为？

这里

历史不断重演

泰姆布人

巴卡人和庞多人

男人和女人，以及最近的年轻人

一直在抵抗

这里

在连绵起伏的丘陵和山脉中

这里

群山与地平线嬉戏的地方

地平线尖叫着、嗡嗡作响

随着时间的记忆和知识

历史

当一场又一场的战斗相继发生

这里

对生命的热爱就是对自由的热爱

从小屋里

绿色小屋

粉红色的小屋

白色和绿色的小屋

茅草、水泥、砖块和泥土小屋

男人和女人

热血奔涌，勇气升腾

东开普省，马卡纳的国度诞生了

它不断上升

像蘑菇一样快速生长

它不断上升

就像一棵生长缓慢的树

不可遏制地升起一样

在这里

一如既往

东开普省

山石和岩石刺眼
令人惊讶的感觉
粉色、白色和绿色的小屋
蔓生
四下不断铺展
它们攀登和下降
飞舞
升起、流动，落入地平线
这里
在姆卡伊[①]的土地上
群山的怀抱中，勇士们
义愤填膺　正义在胸
即使受缚
依旧双手攥紧
历史
不断重复，不断重现
他们握着
他们介入了
在生命和血液中
一代又一代

① 塞缪尔·爱德华·克鲁尼·姆卡伊（Samuel Edward Krune Mqhayi，1875—1945），科萨剧作家、翻译家和诗人。

普通人民

这些非洲男人和女人

他们飞身投入了时间

投入惊心动魄的历史

飞行

重复本身

男人们

你必须亲眼看看这些孤勇者

这些女人　盯住他们的眼睛

仔细打量他们的脸颊和额头

他们像长颈鹿一样优雅

迈开步伐

他们做手势

这些人，你一定要见见他们，他们身上都有标记

他们的脸颊和额头

他们像猎豹一样敏捷　滑翔

这里

女人们围观男人跳舞

听到他们响彻天空和地平线的歌唱和哀号

观察他们的眼睛并感受他们

穿着漂亮的头巾和长裙

你看这里

你可以看到一只展翅翱翔的老鹰

以及它如何着陆

看看它如何有尊严地起飞

这里

科伊人和桑人一如既往像他们的先人一样过活

用他们转世的语言

肉身

在生命的飞行中

脸颊和额头上的伤口

非洲

这里是文达人[①]的故土

马松加人[②]的故土

这里

马佩迪人[③]在观看涂在房屋墙上的壁画

研习舞蹈

这里

观看，你会被告知

过来吧

---

① 文达人（VhaVenḓa 或 Vhangona）是南部非洲的班图人，主要居住在南非和津巴布韦边境附近。

② 马松加人（Tsonga，Vatsonga）是另一个班图族群，原生活在莫桑比克和南非南部地区（林波波省和姆普马兰加省）。

③ 马佩迪人（the Mapedi），一个班图族群。

一起学习对生活的热爱多么炙热

过来吧

一起了解生命的希望多么顽强

在这里

当你看到脸颊和额头的痕迹是

什么时候

冬天过后，男人们从懵懂中归来

这里

你将学习

非洲

位于察宁和北部省连绵起伏的群山中

这里

在我们东部和北部的土地上

在生命之流的心中

生活本身就是美丽

去请教姆普马兰加

我的问题是关于部落主义的幽灵

为什么

如何

在哪里

它为什么抬头

小塔根

真名

为什么

召开会议

一头脚深陷泥淖的牛

是一头死牛

我知道了

我告诉我的一个好朋友

死肉似铅　一样沉重

舍此别无它途

我们不再把它当作一头活蹦乱跳的牛来看待

我的这个朋友

一个姜黄肤色的年轻人

带着惊讶的表情

他又矮又壮，像一根电线杆

他专心地听着、看着

他笑了

而不是哭泣

他把头向后仰，好像在奔跑一样

像一个脆弱的女人一样伸出双手

他绝望地低下头

而不是哭泣和愤怒

他的眼睛时不时地燃烧着

在脸上

这个姜黄色男孩的灰色眼睛

这个来自我的祖国的大男孩，一位战士

打我经过的路上

来自那个小镇

没有树木或花朵

或街道

那个大城市　他们把人抛入

废墟堆中

我非常喜欢的一个大男孩，已经是三个孩子的父亲

两个男孩和女孩

他来了

边走边用力抽烟　把烟往肺里猛吸

加布　我这样称呼他

他和我同行，坐下

睡觉到凌晨的时候都在说话

他和我

一对自由战士

我纪念他　因为我们熟识交好

在我们的友谊过度增长之前

我们必须分手

见面之后

我看到他的孩子们，那男孩和那长得像他的女孩

也长得像他的妻子

她微笑着　但依旧保持戒心

像一只信不过人的动物

她藏起了我们的枪和手榴弹

日夜保持警醒

同时拉扯三个孩子

还叫我们教她

如何开枪　如何投掷手榴弹

她就这样

观看

听我们讲解

他称她为心爱的

使用这样的称呼　他看起来很害羞

当她忙碌完坐下来时

像一只轻盈的小鸟　栖落在沙发上

他的眼里闪烁着渴望

加布和菲基尔　我的朋友

我们现在分开了

我时不时地想起你

想念你

并发现我就像想念你一样

这就是我死后怀念生命的方式

这件事不该这么令人伤悲

特别是对于一个阅世甚深的人

记住这一点

或许本意并非如此

还有图利和图勒

像孔雀一样迈开大步行走

他

一个女人迷

而她像豹子一样敏捷，她与他一起战斗

说

我说你说你是我的

多么激烈的热恋

他对她又惊讶又好笑

一个小个子男人

那些生活在云中、行走在空中的人

用修长的手指在线条和色彩中创造生命

温柔的手指和柔软的手

一天清晨他们杀死了他

清空他的后脑勺

枪声像空罐子一样在清晨的阳光中回响

这是怎样的生命损失啊

损失的居然是这位如此热爱生活的人
心怀宽广
和天空一样宽广
他颇有女人缘
她们投入他的怀抱，双手在空中飞舞
然后他不敢回家
图利
高个子
平时把枪支和手榴弹藏起来
虽然瘦削
但很强壮，双腿鹳鸟一样长而敏捷
担任炊事员
放哨
为抵抗运动尽心尽力
会像疯狂的火焰不遗余力
她失去了心爱的人
当他们杀死他时，她像一个迷路的孩子一样哭泣
她现在再婚了
她和我对图勒只字不提
除了沉默的眼神
以及脸部的细节
因为我们希望新人听不到我们的声音

讲话

关于图勒和图利

我饮茶

吃蛋糕

希望不要太早再次见到她

为什么

每次我走出门，下楼梯

心有戚戚

这件事不该这么令人伤悲

特别是对于一个阅世甚深的人

记住这一点

或许本意并非如此

但是，这怎么可能?

如果你看到草地的绿色

和树的绿色

看看树木如何在微风中颤抖

当它们触摸蓝色的天空时

就像触摸到海水一样

美

在人们的歌声里

在人们的演讲中

在女人的眼中　和存在的奥秘中

在婴儿的眼中　天真无邪

美

为了灵魂和精神

这是狂喜和痛苦

美让男人和女人成长

美是巨大的

色彩缤纷

并且

永远直至永恒

耳语和口哨声

美

就在那里并且存在

美说起时间

说起永恒

美讲述了一些关于现实的事情

以及大道至简　大智若无

永远　深刻

我知晓这一点

因此将其联系起来

在言语中

在血液中

在所有的经历中

男性和女性的元素

我知道

我知晓很多，而且必须知道

男性和女性如何与元素关联

其中一些男人和女人

有些在这里

有些通过了

就像这首歌一样

卷曲和攀爬

下降

潮起潮落

悬停　浮动

在空气中振动　嗡嗡作响

涉及时刻和时间

故事

欢声笑语

和悲伤

悲伤

悲伤的存在明亮　显露出深红色的底色

正是这些使男人和女人

不会就这样凭空消失

人类，男性和女性

不仅仅是精液
或卵巢
他们天生禀有爱的能力
他们不只是由泥土制成的
或化约为几根骨头
或一丛筋腱
人生来就禀有精神
精神就像风一样
来去无踪
当你触摸精神
当你伤害精神
当你试图杀死精神
当你对精神心怀不轨
当你对精神残忍相待时
你就要当心
精神会在你心里住下
而你在他们之中
就像一个没有结局的故事
请
我的朋友
当心他们
以免我们忘记

精神连接着蓝天
或像绿草
以免我们忘记
它也连接着蓝天
融入蓝色的大海　直至永远
这片广阔的大海
遍布并反射着天空
空气拥抱着它
这是听到
到处
博茨瓦纳人说：
罪恶不会腐烂
我行走在这片土地和这颗地球上
与大家握手
并按你所说的
讲述一些故事
故事关涉儿童，小男孩和小女孩
我目力所及　耳力所及的所有的人
我用手触摸
这些人
他们提醒我
透过他们的眼神

在他们的话语中，透过他们的声量
在他们的手势中，透过他们的一举一动
思索某些熟悉的事情
我接触过的东西
我所知道的事情
正如他们所说
以前从我的身边走过
他们微笑或哭泣
或者只是观看
说让我一个人待着或者
我们知道并且必须问你
我父亲在哪里
我妈妈在哪里
我的兄弟在哪里，然后我就看到了
他们来自哪里
他们的母亲和兄弟　我的兄弟姐妹
我是见证人，并将继续见证
我保留着房子和年龄的记录
我必须说实话
即使它像被锤子压碎的猪一样尖叫
我必须说实话，虽则时机不宜　环境不便
有些时候我的确没有做好准备

或者允许我

和我的朋友们说再见

当其他人可以这样做时

我

然后

现在就来

询问

如果血淋淋的悲伤和肉体的痛苦

灵魂和精神的创伤悬在空中

我说

他们在那里随风吹口哨

微风和海市蜃楼中有太多

他们的存在

有太多的沉默

我记得武西

安哥拉　凌晨

我问他

你还能坚持吗

你凭什么?

你还能坚持多久

风餐露宿　草丛中　山上

山坡

就像儿歌里“库哧　库哧”火车来了

一首征服距离的歌曲

男人女人都用汗水

征服距离

靴子和枪，所有人都在奔跑

当我的肌肉屈服时

当我的意志动摇时

我的

脚、胸、手

给了

武西与我并肩握着我的手

抓住

坚持，稍等

坚持住，不要屈服，他对我说

他向前一跃

他一直回头看着我

我看着他并保持步伐

在汗水中

在肌肉中

安哥拉的一个清晨

他和我结下了同志情谊

在路上

在安哥拉的碎石路上
经过猴面包树
和棕榈树
还有寒冷的冬日早晨
武西和我陷入困境
在汗水、肌肉和铁的意志中
同志情谊
有一天他在离边境不远的地方牺牲了
在一场战斗中
没有坟墓，如今他依旧抛尸荒野
从哈博罗内或洛巴策出发的路上的某个地方
在边境上
记住这个唤作武西的人
当你跨越边境去度假时
当心
别触碰他的骸骨
别让他的血再次流出
更不要再次伤及他的灵魂
武西
是我的朋友
困乏时他会体贴我
他是我的朋友

疲倦时他会想到我
他知道战争是艰难的
请
记得我的朋友
当你越过边境时
前往南非或
博茨瓦纳
武西就躺在某处
在路上
在尘埃中
也许在荆棘树下的某个地方
他总是面带微笑
那是青春的笑容
洋溢着青春的眼神　脸庞
这么年轻他就牺牲了
正值韶华　他就永远倒下了
靠近边境路上的某个地方
我没来得及道别
再见
武西
他可能有一个秘密情人
一位时刻挂念的异性

当他从战场归来时

当他没有参与战斗时

当他还没有准备好赴死的时候

当他操持所有生者所做的事时

他可能有一个秘密情人

某处

在博茨瓦纳或马菲肯　谁知道

他心爱的人

也许他们有一个孩子

谁还记得

武西吗？

我想知道他的爱人在哪里

她是谁

她是否知道武西的遭遇

边境上遇难

路上飞来的横祸

没有人为他筑坟

武西

谁还记得多少个像武西一样的英烈？

你在问我吗？

有一天我会回到这个话题

我记得塔博和迪克勒迪

他们赤身裸体遭射杀

子弹射在头上

射在心口

射在脊梁上

我们的战士随时随地遭射杀

在晚上

众目睽睽之下

在他们的房子里

他们赤身抵着墙

塔博和迪克勒迪

我想起他们

晚上

在我的演讲中

当我写作时

我不禁自问

被人这样挂念是什么感觉

赤裸裸地面对死亡

作为情侣正在一个房间耳鬓厮磨

下一刻

人生戛然而止，

怎么可能

就在那一刻

在异国他乡的那一秒

迪克勒迪和塔博

一起搭建一座房子，就像蜜蜂筑巢一样

当我给他们讲故事时

我必须见的乔

我找不到乔

他的尸体

把树上的白色荆棘染成了红色和棕色

我们遍寻他的背影

没有找到头颅或臀部

炸弹夺走了一切

除了他身上的一块肉

很难判断这个肉块来自身体的哪个部位

我说话时，塔博看着我的眼睛

随即他望向天空

当我们的目光再次相遇时

他笑了

他喝了一口啤酒，吞下去

他起身

一言不发地走开了

他把笑声留给了我

你看

我知道这是什么

我有什么

她很漂亮，我说的是迪克勒迪

肤色黑黝黝

像巧克力一样

一开始很难接近她

其实她心地善良

有一天我应该给她献花

她和塔博住在一起

这个女人，没有孩子

她和塔博

他们同飞同宿，如果你亲眼看见

你就知道为什么

他们难舍彼此

他们去了前线

遇害

头部中弹

心口中弹

弹头落在脊椎上

到处都是战地情侣

他们一起赴死，一起生活

跨越国界来到异国他乡

那些日子里，鬣狗嚎叫、大笑、微笑

这一天很诡异

月黑肃杀夜

早晨总是令人惊讶

来了又走了

低语着夜晚

不安的一天

那些日子

我们像星星一样坚定

我们在寂静的夜里

和那令人毛骨悚然的一天

我们怀念烈士的

名字

音容笑貌

一举一动

那些日子我们在苦思

自由究竟为何物

我们来自过去

也来自当下

人们相亲相爱，不用惧怕自己的同类

不期然遭遇不测

打入另册

始终令我们低回不尽
就像万花筒在脑海闪烁
那些可怖的口哨声和闪光
记住
我愿意
因为忘记了这一切　如同全世界开始淡忘可耻的中间航道[①]
就是重复人性的恶
我绝不忘记过去　也不容忍过去被遗忘
亚历山德拉
记住
亚历山德拉是白色区域中的黑点
街道尘土飞扬，空气充满疾病
和泥泞的干沟
致命的街道
和充满疾病的空气
人们
男人和女人都对自己还活着感到惊讶
孩子们在这里长大并留下来
上班

---

① 从 15 世纪至 19 世纪，数百万被奴役的非洲人作为三角奴隶贸易的一部分被运送到美洲的种植园充当强制劳动力。所谓“中间航道”，指的是连接欧洲、非洲和美洲的三角贸易中的跨大西洋航程。

苟活

死去

这里

他们来自过去　素朴的农村生活

他们带着鸡进城来

他们举家迁来狗和牛

山羊、绵羊和猫

他们进城发现这里还有兔子

以及自行车和凯迪拉克

筑城用的是砖块

黑暗中的街道和小巷

有人在演奏爵士乐

和马拉比

亚历山德拉

你是恶臭之渊薮

贫穷

死亡

疾病

街上和黑暗小巷里的尿液

在房屋的角落

在车站

在学校的台阶上

恶臭扑鼻

当太阳升起的时候

恶臭不期而至

蒸汽中传来恶臭

玫瑰

厚厚的脏泥在爆裂的眼睛里冒泡

凝视不动

它盯着

在蒸汽中，在天空中

阴沟里爬出来的人

浑身散发恶臭

浑水死寂，污秽不堪

凝视着

倾听数百万人的声音

踏着千千万万的脚步

大合唱

爵士乐和姆巴坎加

的节奏和福音音乐

有人拍手

有人跺脚

大笑声和号叫声

男人遭杀戮

女性被强奸

公共汽车撞墙

肮脏的恶臭

肮脏的泥水

尿液

精液

街头

危房

如此真实鲜活

这就是亚历山德拉

当你开始阅世

这就是亚历山德拉

记住

或许本意并非如此

这里已经很晚了

现在已经是晚上了

任何人来到这里浑不觉就在向下

堕入

屋顶下的恶臭之中

亚历山德拉

总有一天

当你变好的时候

当你前景灿烂的时候

当你的恶臭

你的心

你的泥泞

你的穷街僻巷

遮盖死不瞑目的双眼

当你的白天和黑夜

当女人和我

当孩子们记得

我想告诉你关于特贝洛的事

记住他

如何被迫背井离乡

一无所有

有一天我发现他卧床不起

在伦敦的一间公寓里

濒临死亡　孤独无助

苍蝇在他的食物、头和眼睛上方嗡嗡作响

他一只脚搁在床上

一只脚耷拉在地板上

眼睛灰暗且呆滞

他无力地举起了手

对我说他就要死了

孑然

在伦敦的一间公寓里

在这个又湿又冷的英国周日早晨

特贝洛就要咽气了

肯塔基牌香烟就在他的床边

鸡肉和薯条，独自一人

苍蝇在他上方飞翔

一只脚耷拉在地板上

床上搁着另一条腿

薯条和肯塔基香烟

有气无力举起的手

特贝洛

已经上路

茕茕孑立

他来伦敦做什么

学习

感到孤独

独自死去

要哭就哭　请告知我妈妈

亚历山德拉

你还记得特贝洛吗

第二天他死了

我很害怕去握他的手，但从未握住过

我没有握住他的手，他走了

特贝洛死了

茕茕孑立

临终前没有人握住他的手

我们在伦敦为他举行了葬礼

我们把他留在那里

英语　墓地

在整洁的墓地里

亚历山德拉　你的儿子就静卧在伦敦这片墓地

我希望

当英国人相互打趣时

他们不会嘲笑他

当英国人生气时

我希望他们不要打扰我的朋友，不要伤害他

我希望

当英语还是英语时

他们听到我说

特贝洛来自南非

一个唤作亚历山德拉的地方

我希望

和英国人一起　你永远不知道

他们讲的英语　在讲什么

就像你不知道叽叽喳喳的老鼠在讲什么

就像你不知道叽叽喳喳的孔雀在讲什么

我希望

英国人终有一天也能明白

我们的特贝洛为了什么客死他乡

这位年轻的狮子

来自塞库胡尼

他离家

进入另一个时空，当时间和它的时刻

青春浑然不觉被窃取

新鲜的面孔和表情

成为一名自由斗士

现在

他躺在一座英国城市的一个墓地

请不要伤害我的朋友

让他安息，让他好好地安息

别再打搅他，他努力活得有出息

成全他吧

我的朋友们，我的战友们

我

我来过这里

所见所闻

理解

说话

死亡中的孤独

当他们濒死之际

没有人与他们交谈

没有人触碰他们的身体

询问

杜马·诺奎的下落

询问

图利的下落

濒死之际的孤独令人毛骨悚然

询问

武西的下落

当他们勉力支撑起病体，濒死之际的孤独令人怆然涕下

濒死之际

就像蟋蟀的叫声一样，

肃杀萧然

蟋蟀叽叽喳喳地叫着

在黑暗中鸣叫

叽叽喳喳地叫着，可闻不可见

愈加嘈杂

咽气时愈加嘈杂

叽叽喳喳，哭泣

一只蟋蟀的

嘈杂声越来越大，越来越大

只有当黑暗来临的时候

战争临近了

音量极大

神经内部

肉质纤维里面

你无法触及的地方

你无法刮伤的地方

你无能为力的地方

那里

叽叽喳喳地叫着，哭着，哭着

肉体深处

死亡时

在结束的地方

他们也在倾听

倾听

听啊听

戛然而止

当他们经过时

当生活像陌生人一样离他们而去

我的朋友

特贝洛

我的兄弟们

我的姐妹们，莱索托的玛丽

我的妹妹迪克勒迪在博茨瓦纳

他们知道死亡的时刻迫近了

他们听到了，安哥拉的莫伊拉

他们听到了

他们听啊听

当他们独自一人时

独自面对已经死去的死亡

克里斯·哈尼

马修斯在广阔无垠的空旷天空下

死亡时

最后时刻

他们侧耳

他们听到了

听啊听

他们听到了

当他们侧耳倾听的时候

死亡戛然而止

他们来了

在蟋蟀的叫声中

怪异

在肉体、神经和纤维中

里面

你无法触及的地方

发痒而你无法抓挠的地方

我哭了，叽叽喳喳，哭了

并褪色

当他们过去的时候

啊

孤独是我朋友的痛苦

很痛

像水滴

逐个

渐渐

水滴一一滴落

在你生活的中心

在心里

在心里

水滴滴落　滴落　滴落

你不能触碰

你无法阻止

一开始非常渺小

当它们不断下降时

它们因痛苦而沉重

很痛，很痛，很痛

这件事太惨

令人神伤

这是

当你目睹如此之多的惨状

记住

我对杜马说

马修斯和克里斯

武西

请记住，我们不会忘记诀别时你的孤独无靠

我记住了

我刻意记住这一点

现在已经是晚上了

我走在开普敦的街道上

独自

在雨中　顶风

寒意逼人　全身生疼

我思忖

自由啊自由

你叫什么名字　你是谁的孩子

你从哪里来的

哪条巷子

我走在路上

我纳闷

什么是自由

自由在哪里

自由居然有一种魅力

令我们趋之若鹜　慨然赴死

自由

自由是什么

自由长什么样子

自由能步行

会说话吗

自由

如何讲述它的故事

当我在晚上驱车

沿着开普敦的街道

在雨中

在呼啸的风中

向山中行驶

我不会

我不会退回到愚人们的境地

愚妇

痴男

那些人就像吐出的口水一样没用

他们就是愚人

一群乱世的呕吐物

在深夜

黑暗湿漉漉

在风中

与星星一起闪烁

在这座潮湿的城市里

在这座巨宅里

在开普敦上帝的总部

我耳闻目睹　触摸

骗子

变节者

他们玩世不恭

他们就像吸尘器

像鬣狗一样

在他们的煌煌铺陈　大言不惭中

这里

准会让我们想起了特贝洛

他是如何离开塞库库尼来到亚历山德拉

复又离开亚历山德拉前往安哥拉

他唱着歌

高呼口号

把玩随身携带的枪支

这个小个子男人

大字不识

就成了一名自由战士

在总部工作

后来去苏联受训

他来自塞库库尼

他死了

独自在伦敦

长眠于戈尔德斯格林公墓

当你一本正经晓谕大众

当你上下其手玩弄政治

忽悠蒙骗世人

记住我的朋友

切忌伤了他的心

切忌伤及我的同志

别碰我的朋友

别搅扰这个人

让他一个人待着，随他去吧

他

他是我的朋友

他留在风中

游历海市蜃楼

在炎热中

在岩石和恶劣的风景中

在半沙漠中

这里

我的朋友倒下了

他在跌倒的地方安息

这个小个子男人

梦想远大

一位战士

头枕粗粝的电缆

沙砾

他

你和我都来自历史

记住

诚实的历史可能是残酷的

它也是

一首歌，脚步声
历史就是你和我
历史是白天也是黑夜
历史就是你如何奋力举起一只手
以及如何轻轻放下
历史就是历史
在工人的心里
在工人的头上
一个男人
一个女人
历史就是一个孩子的诞生
历史就是一个孩子的死亡
历史就是发生过的事情
正在发生的东西
历史在行动
通过时间
历史
就像季节
像倒影一样重复
在你眼中
在我眼里
当我在你身上看到我

和我眼中的你

历史创造生命和时间　历史毁灭生命和时间

历史发言

历史倾听

现在已是早晨

我们推动　干预

促成转变

我们见证

如此改变了你和我

如你我所知

历史的修为

历史是沉重的时针

历史是轻分针

小秒针

是你和我

历史没有相似的一分钟

或一小时或一秒

是你和我

历史此刻不复存在了

历史该结束的时候就结束了

如果结束

历史是莫斯科大剧院的老太太

干预

历史是学跳芭蕾的小女孩

是那个跳舞的女人

旋转和摆动

推进　飞舞

历史在舞蹈

在空气和太空中

历史是意志

是海拔高度

是你

历史是肌肉的舞蹈

空气中的身体

在心上

这是身体和空气中的舞蹈

历史以光速飞逝

是时候了

历史像雄鹰一样飞翔在蓝色的太空

在急促而烟雾缭绕的空气中

迅猛

连跳　侧旋

跃起、摇摆和旋转

喜欢时间

像地球一样

就像白天和黑夜

历史创造时间，创造你和我

历史就像科学

如同技术的运用

历史塑造万物

历史塑造人的大脑沟回和面部表情

历史是一个故事

历史存在于时间之初

并在其末尾进入

历史在说话并在言语中滑行

当时间结束时　历史就开始了

当历史结束时，时间就从人类干预开始计时

历史被人言说

坚硬如钢

亦同秃鹫的滑翔般柔软

历史

这是我的故事，我在讲述

我的故事

记住历史

历史是扎伊尔舞蹈

是加纳舞蹈

历史是安哥拉舞蹈

乡镇舞蹈

历史是莫桑比克舞蹈团

无论战争的嘈杂声有多大

无论爆炸物有多大

形形色色的舞蹈团

进城　演出　不停上演

生命繁复斑驳　舞蹈的活剧

这是生命的活剧　比生命更恒久

比歌谣历史更恒久

生命说

何不继续跳舞

历史就是人生

人生就是你和我

你我拥抱大自然

星星、月亮和我们被锁定在时空之中

与太阳

与河流一起跳舞

与树一起优雅地并存

与山一道恒久

历史是一场快速上下左右摆动的舞蹈

历史是孩子和女人

男人

在舞蹈和凝视中创造了历史

历史就是他们的故事和叙事

这是

这是他们的故事、叙事

你和我

睡着和醒着

与生命共舞

生活就是性的尴尬

据说历史君临大地

历史开启

又一次

记住

他们带走了谁家的孩子

夺去她的处女身

他们把她扔到一艘船上，就像一堆钢铁

为奴

他们在人群中选择了她，就像人们选择一件首饰

那是谁的孩子

她

她被抛入海里，落入鲨鱼口中

出去

而不是乘船进入黑暗、进入大海、进入地球的浩瀚

进入后退的地平线

谁将成为奴隶

非洲为谁

艾滋病、疾病和贫困

非洲我的爱　被强暴　被抛弃

非洲是我的开始　非洲是我的悲伤

她是谁家的孩子

非洲是谁的历史

被人掠走后

又是谁在苦苦寻觅

非洲一直在与生命做斗争

非洲拥抱自己的命运

非洲倾听自己被命运的锁链捆缚的叮当之声

被鞭挞

被射杀

在愤怒和仇恨的命运中

在命运的泛光灯声中

倾听河流流动

在命运的土壤中

我个人的命运找到我的遗骸

我

埋葬愚人的命运

我就是命运　我就是声音

我是风的声音

我是激流的声音

我是恐惧之心

我

我跳呀跳

奴隶

我跑呀跑

奴隶

我进入命运和声音

我在场

在所有被蹂躏和侵犯的事件中

我在场

我记住

我是桑人的后代　我是科伊人的后代

我是肥臀一族[①]

我是丰乳一族

---

① 南非祖鲁人（桑族、科伊族）部落里女性有共同遗传的显著特征——脂肪堆积在臀部和大腿周围。传统上过着狩猎采集生活的科伊人、桑人认为肥臀是“美丽和健康的”，硕大的臀部有助于育儿。但这种壮硕美的观念与白人女性主流审美（窈窕美丽）之间的差异过于巨大，常常在西方被嘲笑和羞辱。

我们的阳具硕大深不可测

我是众人的命运

我是一段不断重演的历史

像舞蹈一样

在狂喜和喜悦中重复

在痛苦和痛苦中复现

历史是我的故事和风暴

我的命运的雷霆

询问一位奴隶主

清晨和深夜

质问他

追问她

即使他们把我架在火堆之上

我的精液

我的卵巢

受到炙烤

我依旧能开花散叶，崛起，出现

我在阴沉的日子里像蘑菇一样绽放

我活蹦乱跳　我依旧能繁衍

我输入

空间和声音，我就在这里

像舞蹈一样帅气

像一首歌一样美丽

我发出回响

攥紧空气

像蜘蛛一样攥紧挂在薄薄的蛛网上

在错综复杂的网络上

我紧紧抓住命运，就像命运它紧紧抓住我一样

卡布拉尔①

你在哪里　内托②你在哪里

蒙德拉内③和卢蒙巴④

你们虽死犹生

如一首不断的炫歌

像一支永不停歇的舞蹈

就像祖鲁人和科萨人的舞蹈

你们死而复生

哈尼

---

① 阿米尔卡·洛佩斯·卡布拉尔（Amílcar Lopes Cabral，1924—1973），几内亚比绍和佛得角人，非洲重要的反殖民领导人之一。

② 安东尼奥·阿戈斯蒂尼奥·内托（António Agostinho Neto，1922—1979），安哥拉共产主义政治家和诗人。于 1975 年至 1979 年担任安哥拉首任总统，并在独立战争（1961—1974）中领导了安哥拉人民解放运动。

③ 爱德华多·奇万博·蒙德拉内（Eduardo Chivambo Mondlane，1920—1969），自 1962 年起担任莫桑比克解放阵线（FRELIMO，该阵线在坦桑尼亚成立）主席，直至 1969 年被暗杀。

④ 帕特里斯·卢蒙巴（Patrice Lumumba，1925—1961），非洲民族主义领袖，曾任刚果民主共和国首任总理。

莫约

马克

乌西　走过尘土飞扬的小路上

在边界

靠近博茨瓦纳和南非边境

他殉难了

我的朋友，我的兄弟，我的战友

耳边传来

挥动鞭子的啪啪响

枪声大作　炮火映红天际

一座无名孤坟上的脚步声

我

在想

你把谁给报销了

容我再问一句

是谁杀害了卢蒙巴

杀死了农民和侏儒

容我问一句

是谁

杀死恩克鲁玛①

---

① 弗朗西斯·夸梅·恩克鲁玛（Francis Kwame Nkrumah，1909—1972），加纳政治家、政治理论家和革命家。1962 年荣获苏联列宁和平奖。

看

命运如流水般回归

后退

太阳没于西又升起，月亮也是如此

未解答的问题

太多的疑难

没有答案，他们究竟遭遇了什么可怖的事件

再来说说

卡布拉尔[①]

汤戈加拉[②]

我如数家珍

科塔尼[③]

J.B. 马克斯[④]

内托都是如何牺牲的

---

① 路易斯·德·阿尔梅达·卡布拉尔（Luís de Almeida Cabral，1931—2009），生于比绍，在葡萄牙首都里斯本逝世，是几内亚比绍第一任国家元首，1973 年至 1980 年任几内亚比绍国务委员会主席。

② 乔赛亚·马加马·汤戈加拉（Josiah Magama Tongogara，1938—1979），津巴布韦游击队指挥官。

③ 摩西·莫阿内·科塔尼（Moses Mauane Kotane，1905—1978），南非政治家和活动家。自 1939 年一直担任南非共产党秘书长，直至 1978 年去世。

④ J.B. 马克斯（J.B.Marx，1903—1972），于 1928 年加入南非共产党（SACP）。后作为东方劳动者共产主义大学（KUTV）的学生被派往苏联。1933 年回国后，任南非共产党总书记。

露西娅·拉拉如今已经年迈

丹叔和莫察比

弗洛伦斯·莫福肖[①]

凯特姨妈是如何牺牲的

在哈博罗内 12 号和一个小男孩一起遇难

四十二人在马塞卢遭遇不测

以及马托拉的许多人

我们的城市变得如此血腥时

居然

没有人发出任何质疑声

没有人直面任何质疑

活生生的人就这样神秘消失

他们的爱情，他们的青春

男人正当韶华，女人正值花季

投身残酷的事业

我

我要问

莫哈皮[②]是如何死的

---

① 弗洛伦斯·莫福肖（Florence Mophosho，1921—1985），南非政治家和“非国大”的反种族隔离活动人士。

② 阿佩特拉·莫哈皮，黑人觉醒运动的成员，于 1976 年种族隔离期间在拘留时死亡。

记住，兰科伊的命运，他在
比勒陀利亚当街遇害
当活生生的人
当儿子
当父亲当母亲
当兄弟姐妹
当女儿失踪　儿子不知去向时
就像没有精液一样
或卵巢
仿佛没有爱情让两人相遇
不
我
要发问
我
我说不可能
男人
妇女和儿童
活生生的人
是不能这样被消失的
他们的灵魂比钻石或黄金更强大
他们的肉体
他们的爱

他们的愿望

他们的狂喜

他们的痛苦和痛苦

他们虽然都是凡身肉胎，却比钻石强硬

他们是精神

坚不可摧

哦那么

历史就像月亮和太阳

那么历史必须重演

又来了

那么这件事

我不应该这么耿耿于怀

当你知道这么多的时候

记住

我

我要发问

请不要触碰逝者

不要伤害

请勿打扰

请问，请不要搅扰我的朋友

他们躺在遥远的没有标记的坟茔里

在大地上

人与人之间
如果他们幸运的话，在土壤中
或在路上
或者在河里
他们遍布城市和乡村
或在海里
他们躺在我们不知道的地方
那么就请诸位
敬畏这些在天之灵，我的朋友们
他们的国家
我的国家躺着，站着
它坐落在寂静中
立足当下，展望未来
他们的国家就像一只不安的鸟
栖息并凝视未来
请不要触碰这些英灵
请
敬畏这些英灵
让他们安息
不要伤害他们
他们即使在墓中　依旧守护着自己的所爱
万勿伤害我的战友

我要问一句先驱们

我看到你

在我的生命中　我见证了你的死亡

听到你的歌声

并记住你的眼睛和脸颊

我听到声音

我听到

脚步声

我看到

人们夹着公文包匆匆走过

我听到有人在演讲

歌声　混杂脚步声

人们、同志们和一些人

他们唱歌

他们跳起托伊托伊舞

他们谈论战争　歌唱战争

他们声称是一群看门狗

他们唱歌

他们高喊，他们编辑发行《邮政与卫报》[①]

① 《邮政与卫报》(*The Mail & Guardian*)，原名《每周邮报》(*Weekly Mail*)，一家南非周报和网站，由南非约翰内斯堡的 M&G Media 出版。它侧重于政治分析、调查报道、南部非洲新闻、当地艺术、音乐和流行文化。

他们不知从何而来
他们看着我们
他们的肤色是黑的，他们的肤色是白的
他们在看什么
嘿　坐观我们打了一场血腥的战争
他们夹着尾巴观看
他们用恐惧的眼神看着
然后他们带着微笑看着
就这样作壁上观
冷不丁冒出一句
这世上无风不起浪
啊
当苍蝇扑扇　发出
嗡嗡声
当苍蝇不断盘旋飞翔时
你能看到它们
你能听到它们飞舞的嘤嘤声
苍蝇触碰你
用脚和翅膀
用舌头舔你
它们的脚和翅膀在你身上沐浴
记住我的朋友，我们为所有人的自由而战

世界上有一种权利和义务

值得所有的人　所有的人都有争取自由的义务

自由为人人

人人为自由

我能听到怪异的声音

我能听到苍蝇翅膀的声音

我能听到过去的进行曲

我能看到未来

我触摸现在

我

我可以说

当历史重演时

让我们飞翔

让我们跳跃

及时

通过我们的触摸在生活中

铭记于心，远离过去

当历史重演时

我想唱歌

我想知道

我想吃饭进食

我想建造

我要生活和爱
我是情人　我是男孩
我想要，当历史重演时
倾听
卢蒙巴和班巴塔会说些什么
卢图利有什么教诲
当历史重演时
我不能和鳄鱼一起游泳
或与鬣狗一起笑
当历史重演时我的朋友
我不希望再看到草根群体继续听任鬣狗的蹂躏欺凌
当历史重演时
我
想要听听
捆缚我们的铁链断裂声
抵抗压迫的雷鸣般的枪声
来自河里
来自海中
当历史重演时　我并不想发生战争
非洲大好河山的风景
棕榈树和猴面包树
我在倾听

天空和月亮

告诉我

历史何时重演

我在倾听太阳和星星

夜晚

我想在光天化日之下听到

鲨鱼会说什么

我

在追问

男人和女人在哪里

非洲处女在哪里

奴隶在哪里

我

我想听听

我想知道

当历史重演时

那些死去的人

那些消失的人

那些失踪的人

那些我们知道但早已逝去的人

他们会说些什么

我想了解那些死去的人

那些不愿成为奴隶的人

那些

我想了解那些被斩首的人

我　非洲

离开了我，我是你的孩子

你为什么这么穷

我

我想了解非洲

当历史重演时

非洲请告诉我

非洲到底是谁

当夜幕降临时

太阳升起

太阳西下

当太阳再度东升

非洲

我

你的孩子问你

现在怎么办哦非洲

现在怎么办

我

我记得那些夜晚

火车的汽笛声

铁轨道

我

我记得坐在卡车上

行驶在不断往前延伸的公路上

我

我记得我背井离乡

搭乘火车　搭乘卡车

铁轨　各种路径

在山谷间行驶　在陋巷穿行

非洲　我

已经在路上

我已经上路

含辛茹苦村妇们期待的表情

各种承诺

激情展示

绝望中飞扬的吻

丰乳

肥臀

巧克力色和棕色的皮肤

我微笑着征服距离

我对自己微笑

我

我渴望时间和地点

我

我知道太多了

我的心因舟车劳顿变得奇硬

安哥拉和莫桑比克

古巴

我的命运如何艰困

如何

当理想消失

希望褪色

我们如何

依旧不忘初心

当生活

死亡

热血与生死汹涌激荡

安哥拉怎么了

莫桑比克怎么了

究竟发生了什么

告诉我

告诉我们

究竟发生了什么

你可以告诉我们吗

为什么有这么多腥风血雨　血淋淋的生与死

安哥拉出了什么事

莫桑比克出了什么事

历史发生了　历史是怎么发生的

就像故事里说的

历史总是重演

在这令人难以置信的蓝天下，这一切是如何发生的

我

我站着，肩上的担子很重

贫困

就像一把锤子

就像一包炸药

贫穷　我的朋友

就像地震一样

就像非洲之火

我的人民贫苦不堪

贫困紧紧黏着我的人民，就像孩子黏着你一样

对于这个男人，这个女人，这个孩子来说，贫穷

所以非洲依然贫困

这就像一颗炸弹　贫穷就像一颗炸弹

我的人民太穷了，贫穷如刺鼻的污染的空气充塞天空

天空湛蓝得令人难以置信，天空

这非洲的天空和阳光

炙热

鲜血一般的炙热

赤裸裸的贫困

粗粝的虚无

战争

种族灭绝

无知和欲望

在非洲炙热阳光的天空之下

这里

就是美丽非洲

美丽的土地、树木和山脉

美好的植物和动物

生命中万般美好

不可方物　美到霎时失盲

可偏偏在这里

贫穷吞噬了孩子和父亲

吞噬母亲

吞噬他们的眼睛当早餐

吞噬他们的乳房当晚餐

贫穷

吞噬他们的身体和大脑做午餐

贫穷就像一根盲目的手指一样粗暴

贫困

来看看穷人挡风遮体的棚户区

来吧

体验一下贫困是什么滋味

臭不可闻的贫困

触摸一下

贫穷如魔鬼魍魉

贫困

黑人的贫困

战时和战后的贫困

安哥拉

莫桑比克

乡镇和农村地区

听听《邮政与卫报》如何报道

主流白天使们[①]如何信誓旦旦

金山大学和荣获罗德斯奖学金的毕业生

纳塔尔大学毕业生

UCT（开普敦大学）的毕业生

---

① 主流白天使们，讥讽白人语。

他们共同做证

他们成了白人的看门狗

他们关注贫困

他们守护贫困

这些接受了欧洲教育在地的儿女

他们关注着亚历克斯的贫困

他们讨厌“乔”·莫迪斯[①]

听

他们也讨厌塔博·姆贝基[②]

欧洲利益在非洲的守护者

他们守护贫困

他们关注贫困

他们在国内四处推销自己的主张

他们在非洲大陆四处贩卖自己的论点

他们来自金山大学，守护这套理论

当非洲拒绝成为欧洲时，他们讨厌非洲

他们恨我们

---

① 约翰内斯·“乔”·莫迪斯（Johannes “Joe” Modise，1929—2001），“非国大”军事领导人。1994 年到 1999 年，他担任南非第一位黑人国防部部长，领导组建了独立后的国防军。

② 塔博·姆武耶尔瓦·姆贝基（Thabo Mvuyelwa Mbeki），1942 年 6 月 18 日出生，南非政治家。1994 年至 1999 年担任纳尔逊·曼德拉时期副总统。1999 年 6 月 14 日至 2008 年 9 月 24 日担任南非第二任总统。

但是，我们执意说出真相

乡镇的贫困

弥漫农村棚屋的贫困

早晚会像一颗炸弹

贫困的黑人　富足的白人　一道天堑

他们拦不住我们

他们拦不住我们

唯有

唯有黑人不再贫困　我们绝不撒手

只有到这一天

哦　开普敦的非洲　美丽绽放

坦桑尼亚和扎伊尔的歌曲唱得真切动人

安哥拉吉他的非洲

南非萨克斯管和长号的非洲

被敲打、蹂躏和破裂

满脸淌血的非洲

非洲我在这里

唱歌

说话

知道

非洲我在这里

我

我是卢图利和坦博的儿子

我

我是卡布拉尔和内托的儿子

我

我来自卡拉加迪沙滩和海市蜃楼

我是这个大陆的黑人男孩

非洲

非洲　玛伊布耶　非洲

我是你的儿子

我

我侥幸活了下来　德·科克[1]焚毁尸体

百般摧残我们

折断我们的脊梁

把我们揍得死去活来

弄脏我们的脸庞

德科克这家伙

试图隐瞒罪证

隐去血迹

埋掉骨骸

这个杀人犯

---

① 尤金·亚历山大·德·科克（Eugene Alexander de Kock），著名的南非警察上校。

好吧　我又来了

这首歌

这个故事

我的大陆的历史

开始

重复

开始

一大早

秘密埋葬之后

闻到人肉烧焦的味道后

开始

它再次回到

我们开始的地方

我在这里

令人泪流满面的血腥非洲

我

我在这里，看着我就好

我从弗拉克普拉斯[①]幸存下来

---

① 弗拉克普拉斯（Vlakplaas，译名“浅农场”）是比勒陀利亚以西二十公里处的一座农场，曾是种族隔离时代南部安全部门反叛乱部队 C1（后来称为 C10）的总部，成立于 1979 年，充当准军事打击小队，抓捕政府的政治对手，然后“转变”或处决他们。

我昨天乘坐军用直升机

去了罗本岛

我看到了囚牢

我看到了囚牢的门和栅栏

沃尔特·西苏鲁[①]

戈万·姆贝基

从这里走出去，获得自由　啊，开拓者

他们走进了湛蓝的天空

《邮政与卫报》的报人们

他们走出了囚禁几十年的监房

他们自由了

青春期　成年期都是在监禁中度过的

在反抗中度过的

他们在这里

我

我是他们的孩子

我

---

① 沃尔特·马克斯·乌利亚特·西苏鲁（Walter Max Ulyate Sisulu，1912—2003），南非反种族隔离活动家和"非国大"成员。在担任非洲人国民大会秘书长（1949—1954）和非洲人国民大会副主席（1991—1994）期间，他在里沃尼亚审判中被列为第二号被告，被监禁在罗本岛，并因反种族歧视罪被监禁了二十五年以上。与奥利弗·坦博和纳尔逊·曼德拉齐名。

我侧耳倾听　我听到罗本岛

波浪涌上沙滩

又来了

开始

从头开始

重复一遍

我

我是非洲人

就把我

埋葬

在非洲的土地之上

在非洲的大海上

在非洲的道路上

在非洲的矿山之中

把我埋在非洲的峡谷里

所有像我一样的人都安息

在长颈鹿脚趾下

在犀牛牛蹄下

在狮子和豹子的爪印之中

在美丽鸟儿的小靴印之中

就把我掩埋在这里

我的前辈卡布拉尔和卢蒙巴

哈尼

莫约和马克

就把我埋在他们遇害的地方

他们殉难了

被杀害了

在这里杀身成仁　被撕成碎片

就把我埋葬在非洲的土地上

因为我

我属于非洲

我的笑声

我的眼泪

我的痛苦和狂喜

都属于非洲

属于非洲沙漠，属于这个大陆

属于我生活和生活过的地方

任何人都不能忘记

我

我是时间和风的后裔

我是非洲孩子

从四面八方来到这里

记住

是你们让我成为奴隶

你们残害了我，也残害我的孩子

你们给他们打上贫困的烙印

我

我不会让任何人忘记

我是林波波河、瓦尔河和奥兰治河

的一个黑人男孩

记住

当我被你的子弹击中　血卧黄沙

你

你这个欧洲的孩子

你砍下了我的头

你撕裂我的四肢

记得马戈巴怎么死的吗？　这个山里的孩子

我绝不会忘记

你是如何把我的生殖器割下　陈列在博物馆里

你每周都会寄出带有你监护人话语的邮件

是的

这是一场战争

这是我们打的一场战争

我记得

并用笔记下来

别忘了我的朋友　武西

他正躺在

被射杀的路上

请

别伤害我的朋友

别碰他

别动他，让他安息

他

他是我永远守护自由的朋友

请

别碰他，随他去吧

他

他是我永远守护自由的朋友

请

别碰他，你这个割去黑人生殖器的家伙

请

不要伤害我的朋友　不要碰他

我

我清扫房子

我实话实说

我

我爱我的兄弟，纪念

我

我将复仇铭刻在生命中

因为真理就是坐而言　起而行的人生

武西现在不能死

他必须活下去

像风和热

在路上

他躺在那一动不动

连同肢体和肉体的碎片

蒙德拉内

卡布拉尔

莫约　当他们被火焰禁闭时

武西就躺在那里

与他们分散的碎片

被炸弹破坏

记住

凯琳·斯库恩只是一个小女孩

记得赫克托

一个小男孩，一个小学生

用火

你摧残他的肉体，折断了她的骨头

请记住哦　守护天使

记住哦，你们这些看门狗

谁看管我们的财富
谁致力于解决黑人的贫困问题
受过良好教育的你
记住
你坐观我们战斗正酣
听到尖叫声的你
你
住在安全的地方
和富人们推杯换盏
当战争激烈时
在那些黑人生活的日子里
像脏水一样
被洒在街道上
和污水
记住
记得　就在比勒陀利亚的比勒陀利亚街
警察博物馆
记住
蒙纳科特拉[1]未能脱逃
他就躺在那个所在的某个地方，他如此热爱人生，但走得

① 蒙纳科特拉（Monnakgotla），反抗种族隔离部落领袖。

如此匆匆

他可不是踩在一块香皂上跌倒的

此刻我与你面对面

我问你一句

是的，我是黑人

那又怎样

比科他知道谁杀害了他

记住，守护者们

有时

有时很难理解

你们怎能如此恶毒

即使我的肤色黝黑

我就必须承受最糟糕的结局

处处受气　遭人践踏

我又来了

我的挚爱　你朝思暮想等待我的归来

全部身心

你期盼

你把我的枪支藏起来

把秘密藏在内心深处

那些日子你是那么热情

工作

接送孩子

你天天在等

像一棵树那么娴静和优雅

继而

你颤抖了

你愤怒

怒火中烧

你知道什么叫义愤填膺

正如你体验什么叫喜悦和狂喜

因为你知道如何让他们倾听

即使你没有把一切和盘托出

你的表情　一举一动

你凝视人的样子

像羚羊一样冷漠

像长颈鹿一样高峻，不可侵犯

他们询问你

你见过什么人

听到某某讲了什么话

你藏过什么人

什么东西

如此种种　你的回应却是天空般的寂静

在那些烈火雷电的日子里

你大步走过

你步履坚定

和我大步穿行在陋巷

村庄的小路上

草丛和排水沟

还记得吗

骄阳似火

炙热的天空下

我们彼此心心相印　爱情萌生

小鸟笑了

我们躺在那里笑

一个樵夫在离我们不远的地方咳嗽

羊在叫唤

我们在笑

记住

在战争年代我们生了孩子

在恐惧中我们培育爱情

即使在秘密的爱中也要记住

死亡是如何降临到我们身上的

一天早上就像一件夹克

墙壁和栅栏都是血迹斑斑

记住

哦，我们的爱在枪声和手榴弹爆破声中

在恐惧和勇气中

我们的爱萌生

溢出了

被淹没

闪烁　开花

奔跑

进入

心怀

在胃的深处

很痛

它轰隆隆地响着

这份爱提醒我

爱是由恐惧和痛苦构成的一份成熟

爱是喜悦、狂喜和勇气

爱就是爱生命

风和卡拉加迪沙漠

才是生命的真正主宰

爱，我的朋友

与战争同义

你知道

和平时期爱情不会垂青愚人

来

来吧，我的朋友们

沙漠之子

非洲之子

巧克力和紫色的肉体

来吧

匍匐前进　像警觉的孔雀一样栖息

来吧

我们一起谈论男人的角色

谈论女人的角色

来吧

让我们一起建设这片大陆

你和我

来吧

我们的孩子在湖边等着我们

来吧

他们在德拉肯斯堡山脉等我们

在加莫加莱等我们

等待我们实现男女平等

父母亲孩子们一起做游戏

他们急切过自己的生活

即使我们这一代人渐渐凋谢离世

来吧

在我们行色匆匆走过这个世界之前

来吧　我的爱人，你的深红色口红

绯红嘴唇点燃了我的欲望

来吧

乘风破浪

勇往直前

来吧

和我跳一支舞　我会给你看手指

来吧，让我们一起迎接顽强的挑战

让我们一起走过这条漫长的荒凉之路

走过街道

小路

胡同

我们要建设

建起电站

供水站

带卫生间的住宅

这一切远非易事

然而

这一切不正是人们谈论很久却始终未见落实的东西吗?

民生

人民必须免于匮乏的自由

诊所

医院

学校

公交车

火车

安全的夜晚

记住

有多少人被杀

有多少人受伤

有多少人被逼疯了

即便如此　同胞们依旧说

宁死

绝不为奴

宁愿遭受残害

发疯

也绝不为奴

记住他们

这就是我说话的原因

我和那个男人说话

我跟你说话

寻找存在

和心灵

和感觉

这个民族

拒绝苟活

让我们不再容忍邪恶

种族主义

性别歧视

贫穷

疾病

让我们拉上电网

铺设输水管道

让我们建造房屋

带卫厕的房屋

让我们修路

不再容忍犯罪

让我们建造学校

让我们建造托儿所

诊所

医院

转变思想

对抗邪恶

这片土地不再是仇恨的温床

当我想你的时候　来吧

跟我一起走上复兴之路

我

去拜访卢蒙巴

他的双手被反剪死死捆缚

他们试图把什么东西塞进他嘴里

遇害之前

双手被反剪绑在身后

我

去拜访恩克鲁玛，非洲的流浪者

他最后客死他乡

我去拜访卡布拉尔和蒙德兰

像莫约他们的身体横遭摧残

偏巧一枚炸弹在他们的腿上爆炸了

马谢尔

被炸成一堆碎片

他乘坐的那架飞机化为灰烬

他的飞机根本未能降落

他就这样遇难

我

瞧我又来了

念念不忘这些很久以前的那些人犯下的罪行

我去拜访奴隶们

在河流中

在海上

在山谷里

我

我拜访那些痛哭失声的人

他们不解

为什么我会来到美国

非洲裔美国人如何来到美国

我们从哪里来

我

我拜访蓝调和爵士乐的音乐家

我

我说我们都来自非洲，

非洲啊

为什么你遭人蹂躏——如此

如此悲惨

你的贫穷匮乏如此刺目

哦非洲

欧洲富有，美国富有

偏偏非洲却这么穷困匮乏

我又来了

我不懈追问

让我

从头说起

这件事太悲伤了

委实悲伤

换作是你　如是所见如是所闻

记住

或许原本不该如此

天意不该如此

此刻已经是深夜了

很快

太阳会升起　记得

天空湛蓝　蓝得令人难以置信

我

我的笑声属于非洲

我的巧克力肤色

我的欲望和愤怒的深层

我就是非洲

正如我所说，我属于非洲

重复一遍

人类始自非洲

我

我是非洲人
生于斯　终于斯
安息在非洲的怀抱里
安息在非洲心田里
安息在这片伟大陆的膝盖上
这里
哦非洲，我是你的孩子
我住在这里
睡梦中我会梦见你
当我醒来时　即使在噩梦中
每每触碰到你时
我就释然　感到宽慰
非洲
我是你栖居地球的孩子
到底出了什么事
梦里发生了什么事
津巴布韦
莫桑比克
安哥拉
我的梦想　我的理想
我随时准备为之献身的事业
尼日利亚

加纳

布基纳法索

桑卡拉发生了什么事

究竟为何

在这片广阔的土地上发生了什么

所以

一夜又一夜

我日复一日地问

发生了什么

赞比亚

塞内加尔

非洲

前贤们问过同样的问题

这些先烈一一浮现

他们早已长眠

就像我说的

江河湖海　山丘

他们像熔炉的灰烬一样长眠

他们的骨骸散落，奇怪不时现身在奇怪的地方

哦，非洲，你肯定还有秘不示人的秘密

告诉我

对我耳语，向我吹口哨，暗示你的秘密　哦　广阔的大陆

你何以生生不息
我
我是你的孩子
你不会死亡，因为你是黑非洲
当然，不单是因为你是非洲人
之后
我的祖先和你一样离散
我的灵魂无处不在
我的灵魂
现在生活的阴影
来
现在站在我旁边
在这片土地上
在我们战斗的南非
我
我已经讲述了故事的一部分
但是你
你饱经沧桑
瞧，我又来了
选举进行中
我们在建设一个破败不堪的国家
对世界开放

正视悲催的现状

向疾病

仇恨开战

我又来了

你知道的

以前你也做英勇状

要大展宏图

在埃塞俄比亚

在埃及

在卡鲁

在卡拉加迪

你

你熟悉这一套，你以前见识过这一切

灵魂

精神

孩子们都在哭泣，祖先

父亲

母亲孤立无援

乌干达

索马里

我又来了

如果你听到我的话

如果你看到我

如果睡觉时你触碰我

我是来找你　求助　开蒙

我需要获得力量

我需要智者点化

我站在大陆脚下

我记得那些蒙着眼罩

遭遇射杀死去的人

那些双手被束缚而死的人

那些被剥光身体的人，痛苦中呼天抢地

以及那些悲伤被淹没在大海里的人

他们的灵魂随着汹涌的波涛而轰鸣

我

我想起死者，也许现在我自由了

他们

他们用鲜血释放了我

他们的生殖器被切割并悬挂

他们的尸体悬挂在直升机上摇来摆去

我怀念他们

始终不能忘却他们殉难的样子

每每听到自由这个词

有人提起我的祖先

我

我情不自禁就会想到这些死者

他们是自由的影子

一件天大的事

他们为此献身

他们

他们和自由如影随形

他们是自由的守护者

自由

啊

它是什么

电

一个房子

学校

一所医院

街道或桥梁

托儿所

自由到底是什么，以上种种貌似有几分自由的样子

自由

它是什么

一座大坝

一条路

告诉我你像微风一样静静地躺着
什么
什么是自由
我们在天空中飞翔
无须集会
无须开会
无须研讨
可我们回到这里开起会来
成立各种委员会
做出决议
请告诉我
自由就是有活路　有事干
我再问一句
你一定有想过
经历几百年的抗争，目睹如此数不胜数的死亡
你一定喜欢星星
皓皓明月
赤日炎炎
你一定一直在关注这颗宝石
你知道什么是星星闪烁
星星闪烁为何在天上
你离开人世时的优雅和尊严

星星保持

沉默

凝视

你的脸色

当一切都了结　你路过

坦博

我在你眼中看到

在你那张遭受过重击留下疤痕的脸上我看到了

你知晓这一切

告诉我

我们来了　你静静躺着不动

像微风一样

像星星闪烁无言的存在

你该知道多少我不知道的事情

什么是自由非洲

自由为了谁

我说，让我走出仇恨吧　尽管我的心在痛

来吧

过来　站在这里

当我们和你们的孩子走进历史　并掌握历史时

我们不过是重复过往

来吧

我们依旧会下矿井

下河去

我们必须早起

装箱

驾车

挖路

犁地

我们必须擦亮地板

洗碗

我们必须取水

砍柴

我们必须有这样做的自由

我们必须拥有工作的自由

什么是自由

就是铲除草根

就是建设国家

自由

我一定觉得它尝起来像灰烬一样无趣吗

如果是这样

我怎么不知道

自由非洲

是孩子的眼睛

是人民之歌

是微风中的舞蹈

自由

这是我走路的方式

和我说话的方式

我要去的地方和我去过的地方

自由

蕴藏在血液、身体和骨骼中

正如我所说

自由洋溢在孩子清澈的眼睛里　天真无邪的脸庞上

一个配得上拥有子嗣的民族

它的血液

肉体

骨骸

精神就是自由的

似微风拂面

阳光倾泻大地　月光洒满人间

天空广阔无垠

这片大陆湛蓝得令人难以置信的天空

非洲人知道什么才是自由　苦苦追寻自由

舍命为之奋斗

多少世纪以来

自由却是那样缥缈不可方物

放开我

让我走

飞向

自由

我不停谈论自由　我和所有的人谈论自由

我抒发自由　歌咏自由

自由就是历史

当历史重演时

非洲自由的孩子，你能攥紧自由之手吗?

你一定要与自由同行

你一定要和自由倾心

你一定要开怀大声歌唱

随地随时起舞　土地和街道

历史再现的那一刻

即使在土壤、空气、树根和石头中

一定要让

自由

躺下

站立

歌唱

说话和走路，好好感受自由

自由　我必须认识你

即使躺在坟墓里　我也要认识你　感受你

即使我

早已长眠　当自由君临这片土地

啊　非洲

安哥拉那些因战争致残的人

在乌干达，据说一个世代的孩子们都是孤儿

非洲

在索马里，秃鹫正在等待孩子们咽下最后一口气

在饥荒吞噬生命的埃塞俄比亚，

自由得以苟延残喘

在沙砾中

在津巴布韦，农民因缺乏土地而绝望

在莫桑比克

在纳米比亚

在坦桑尼亚

来看看吧

贫困是如何拖累普普通通的人们

蹂躏

击垮他们的人生

疾病摧毁他们的眼睛、面部和四肢

来吧，谈论自由的你和我

我们一起寻找自由
这里
在村里
在乡镇里
在棚户区
在我们称之为草根的地方
这里
在妇女、男子和儿童中
这里
让你和我
那些散居在欧洲和美国的非洲的孩子
那些在联合国和非统组织发表讲话的人
当你
穿越非洲的天空出席各种会议
研讨会
来吧，我的兄弟姐妹
让我们谈谈什么才是自由的本义
有人说
如果我们能盖房子
从风中获取电力
如果我们战胜疾病
并击败贫困

如果我们铺设输水管道

并建桥修路

这就是自由

我们就能死而瞑目

我们会吗

自由就是放手　不再执念过往

我们会吗

回答

当点名开始时

我们会吗

当我们的名字被叫到时　回应

看

自由是知识

自由

是一片落下时在空中发出呼啸声的花瓣

自由何其脆弱

自由何其脆弱啊

自由就是知道什么才是自由的代价

自由

就像太阳和月亮

来来去去

自由　我的朋友

也很简单
自由也很深刻　当你能与他人心心相印携起手同行
自由弥漫在空气中
自由就像季节更替转换
自由就是放手
是要打开
敞开
知识
传统医学
自由就是放弃部落及其秘密
自由就是挑战神秘和未知
自由就是退出反抗的执念
自由就是释放恐惧，放下仇恨
自由就是保护
我的姐妹
当你自由的时候
自由就是当你自由的时候
自由就是你和我更加努力工作
就像飞行中的秃鹫
迁徙中的瞪羚
自由　我的好姐妹　就是你和我
四目对视　心领神会

一道捕捉知识　摈弃无知

歌唱

睡觉

行走

与群众同行

放手

发动基层

连根拔起社会弱势群体

让他们享有自由　在太空中优雅地翱翔

他们自由说出自己的心愿

独立自主

获取

只有社会底层获得自由　你我才真正自由

我的好兄弟　自由就是放手

这是一项义务

无须你为自由代言

自由自己会歌唱

自由是一首存在的歌

在雨中

在空中

在天上

在非洲湿热和干热的环境下

自由

就像植物、河流和动物

存在于时间空间之中

啊　我的朋友

搭配领带和西装

和传统服饰

我的兄弟

我的姐妹

我们在逃避追捕时

曾经挨家挨户敲门寻求庇护

我们和穷苦人民一道起居

劳动

进食

那些为了掩护我们

保守国家秘密

教育我们

竭尽一切的穷苦人

记住他们

记住人民

他们一无所有，但仍然付出了一切

他们胼手胝足

把孩子们拉扯成人

彼时

自由并非唾手可得

但他们没有迟疑

他们会凝视地平线

他们会保守秘密

无论被人蒙住眼睛　遭受电刑

妻子是否被强奸　被失踪

丈夫的生殖器被割除致残

他们依旧渴慕

他们仍在等待，自由的那一天

人民同志

切记

人的本质　本能就是自由

他们如此贫穷　却又这般慷慨

我的朋友　带着博学的微笑

我的兄弟　你穿着达西基[①]

戴着金丝眼镜

一副学者派头

你还记得

给你送行，穷人给你杀了一只鸡

---

① 达西基，西非男子穿的花哨而宽松的衬衫或套衫。

酿造啤酒

准备餐食

他们抑制着泪水　唱起歌来

他们为你祈祷

他们把所有的希望都寄托在你身上

我姐姐化妆穿着高跟鞋

我的兄弟穿着闪亮的鞋子，戴着彩色领带

自由就是你和我回来的时候

滔滔不绝　一本正经

长篇大论解释

而古人前贤

一语破的

一句俗语

他们的秘密就像粪便　须臾不离

他们的克戈特拉①

他们的斯托克维尔②

他们的传统和习俗

他们的传统医学和包皮环切学校

他们的部落

他们的祈祷和教堂

---

① 克戈特拉，南非俚语，指聚会。

② 斯托克维尔，南非俚语，指会议。

他们对白人的恐惧

他们的尊严

他们的优雅

我的朋友　自由就是让人民免于以上恐惧　执念

自由　就像历史重演一样

它必须在巢中孵化

阳光下

在风中

在雨中，就像生命一样

你和我，我的兄弟姐妹

获得启蒙

当底层不再弱势　不再底层，严厉澎湃

愤怒的大海

当历史重演时

自由不再遥不可及　自由就与你我毗邻

终有一天

我们一道哀悼死者　追忆英烈

自由

我们多久没有亲近过自由了

许多世纪前　自由曾经光临过这片土地

自由把你我忘了

像一只健忘的猴子

已经很久没有出现了
但我们依旧渴慕自由　自由的种子
然后我们
再次启动
自由
回到我们中间，我们在这里等你
来吧　自由
你离开太久了
来吧，我们多么想念你
来吧
历史再次重演
就在这里
来吧
宣示
自由回归甜蜜的土壤和沙子
甜蜜的岩石和树根
甜蜜曾经被血染红的水面
夸祖鲁纳塔尔省的甘蔗田
看吧
太阳在这里被风吹碎了
阳光溢出
溅起

红色和黄色的云
粉红色的
紫红色
拥抱蓝天的紫色
阳光溢出　飞溅
在太阳升起的天空中
伴随着落日的优雅
直到远去的地平线
坦博
北方海岸甜蜜的山丘
不断延展
山丘上的甘蔗地　高声歌唱
炫示郁郁葱葱的绿色
挥舞着、窥视着的棕色芦苇
在山上
在斜坡上
从天空到地平线
这里
一切都是深深的甜蜜
这里
在夸祖鲁省
人们排队投票的地方

过去这里发生了一场大屠杀
血流成河
这片甜蜜的土地
山丘、岩石、陡坡和斜坡
道路
听到 AK47 射击时的爆裂声
在这里你能看到
被捆缚的男人
被捆缚的女人
死去的孩子
这里
这些山丘
甜美的山丘和风中摇曳的芦苇
山丘芦苇
像芭蕾舞演员一样舞姿翩翩
在斜坡和陡峭的山崖上　舞姿翩翩
河流和天空下
这里
当一个男人
或一个女人
和一个男人和一个女人
或一个孩子

和

孩子们　小男孩或小女孩

这里

当他们被拖到杀人地点时

这里

或者

当他们哭泣和惨叫时，他们紧攥着生命

当他们被蒙住眼睛时

当他们孤独无助时

在他们被凶手攻击之前

当长矛刺穿他们的肋骨时

连绵起伏的山丘

树根

石头

旭日映红不停摇曳身姿的芦苇

这里盛产制糖的甘蔗

在夸祖鲁纳塔尔省北部

凶手们撕裂受害者的耳朵

剜出眼睛

割断舌头　折断四肢

山峦在半空中滑行

还有芦苇、树根和岩石

它们静静地目睹
倾听这些暴行
广阔无垠的蓝天
月亮
盲目、黑暗、寂静的地平线
就在这里
枪声响起
手榴弹撕裂活生生的肉体
破壁穿墙
砖石在火焰中飞扬
当手榴弹扭动铁条　炸出弹坑时
沉默
山丘
树根
石头
都在倾听
目睹四散逃命的人们
他们看到
那些仍然手持武器殊死搏斗的人
就在这里发生了一场大屠杀
晚上
发生了流血事件

早上

在太阳行走的日子里

一个男人

一个女人

一名儿童在这里被杀

被击中的身体扭动

塑料一样干瘪收缩

当他们被活活烧死时

整个身子被烧焦了

在燃烧，不多时化为灰烬

这里的土地多么美好

土壤肥沃

根茎丰满

甜美而健壮

土壤

石头

根、水和太阳

就连这里的风

都成了

蔗糖的一部分

甜蜜，生趣盎然

与夕阳赛跑

太阳

像火一样坠落在北海岸的天空

我

或者

此刻我想到了你

我想到了爱

我想到了关切

我认为有关自由的种种抽象的理念

自由事关人的尊严

我

我不禁想到这里的人们

过着如此简陋的日子

食物匮乏

水源稀缺

取水需要上山

穿过芦苇丛中

这里

在夸祖鲁纳塔尔省北海岸或南海岸

人民

近乎筚路蓝缕

为生计奔忙，劳作，竭尽全力

在这些山丘上

在中部地区的风中和岩石中
他们终日劳作
为填饱肚子奔忙
正是在这里，他们的哀鸣在风中经久不息
就在
这里
人们被拖走
蒙住眼睛
五花大绑
这里的人
男人女人老少童叟
还是些半大的孩子
就在这里遇害　他们为自由而死
这里发生过大屠杀
告诉沙卡
塞奇瓦约
在这里与祖先举行会议
这里
已经发生流血事件
正如这个词所说，南非属于所有生活在其中的人
举行会议
或者

这里发生了一场大屠杀
在连绵起伏的山丘中
在微风轻舞的芦苇丛中
在这片美丽的土地上
别再搅扰我们的人民
让死者安息吧，让他们安息吧
像风一样
就像芦苇、树根和岩石
像山丘一样
就像广阔无垠的天空
别再搅扰他们
让死者安息吧
别再搅扰他们
让他们融入风中
融入寂静　地平线
禁止一切阴谋、禁止秘密制造军火
任何人都无须到处躲藏　无须密谋叛变
这里的人们
当历史重演时
任由他们去吧
当自由来临时
既然已经离开这么久了

让它和本能

让它和一个人的存在

以及女人的存在

还有这个北海岸的孩子和风

让他们

就像太阳和月亮

就像季节一样

自由与人民必须合而为一

喜欢时间

像生活一样

放学后

出院后

经过水坝和桥梁之后

拉上电网后

当水从水龙头流出时

房子和托儿所建成后

像根一样

像岩石一样

像芦苇、微风和树叶

人民与自由

像太阳一样

像红色、蓝色、紫色和紫红色

就像现在不断后退的地平线

人民

自由在人们的血液中

自由在他们的骨髓里

自由是人的本能　自由就是存在本身

让他们在自由中

得其所哉

自由像山峦一样起伏

自由随着风迅疾吹拂

当人们劳动时

当他们祈祷时

当他们唱歌跳舞时

当他们砍甘蔗时

记住

自由已经很久没有出现了

它上次经过这里

距今可有不少世纪

它几乎忘却了非洲

如今它飞向我们所注视的其他土地

自由你终于回来了

你一直在我们心中

你就像我们熟记在心的祈祷一样

存在于我们的记忆中

来吧

我们把你留在这里就像一颗种子

西山

美丽在阳光下欢呼雀跃

过来吧

和我们一起住在我们的山上

你离开太久了

夸祖鲁纳塔尔省

南非

非洲

来吧，我们想你了

让我们重获自由，我们为你而战

自由

这次务必留下来，我们在等你

当历史再次重演时

在这里

我们在这儿

和我们一道住在群山之中

飞翔

舞蹈

标榜

自由与我们同在

自由驻留下来

与我们　与天空　与风合而为一

在这里

在夸祖鲁纳塔尔省

当太阳终于破晓时

当黄昏降临时

位于姆图巴图巴　位于　埃姆潘根尼

马赫拉巴蒂尼的赫卢赫卢韦和马达德尼

位于埃西科德尼和夸马胡塔

在这片土地——这片饱经战火蹂躏的土地

待在这

我们住在湿热的夸马胡塔

自由

当历史重演时

自由为生命　自由就是生命本身

一定是这样

自由会永远驻留

非洲

瞧，我又来了

历史是生也是死

自由伴随人类的生命　在人类的歌声中成长

附录一

塞罗特的黑人意识诗歌在后种族隔离时代的现实意义

我第一次接触蒙加内·沃利·塞罗特的诗歌是在20世纪80年代末的高中时代。塞罗特于1944年5月8日出生在索菲亚镇（现更名为凯旋门），也被称为科菲菲，约翰内斯堡郊区一个贫穷的多种族小镇，1955年居民被强行迁移到不同的地方，特别是索韦托。索菲亚镇以其充满活力的文化生活而闻名，小镇出了一批著名作家，包括刘易斯·恩科西、詹·辛巴、布洛克·莫迪萨内、埃斯基亚·法赫莱和凯西·莫西西。

当时有几首诗特别触动我的心弦，如《亚历山德拉》《大城约翰内斯堡》《这黑色的狗屎里到底是什么？》和《献给唐·马特拉——禁令》，分别选录在如下诗歌选集：弗朗西丝·M.M.奥利弗主编的《橡树和桃子》（1984），迈克尔·查普曼主编的《南非诗歌的一个世纪》（1981），杰拉尔德·摩尔和乌利·贝尔主编的《现代非洲诗歌》（企鹅出版社，1984），安徒生等人主编《新大学英语诗歌选集》（1993）和巴里·范伯格主编的《献给人民的诗人：南非自由诗歌》（1980）。

塞罗特与其他重要的南非诗人能入主流评论家们的法眼，这些诗歌通常被归入索韦托诗派，包括马菲卡·瓦拉（1946—2014），姆布伊塞尼·姆特沙里，西佛·赛帕姆拉（1932—2007）和唐·马特拉（1935—2022）。诗歌给了这些所谓的乡镇诗人表达他们对恶魔般的实施种族隔离政策的政府沮丧和愤慨一个称手的工具。有趣的是，塞罗特在索韦托也接受过教育。我读到塞罗特的第一首诗也曾出现在《斯达夫里德》《经典》《黑人评论》《采石场》等杂志上。后来，随着我对诗歌兴趣加深，我又找来一些有关塞罗特的书籍，这些书是从我所在的镇上唯一一家严肃的书店——古友书店买到的。初读《吼牛》（1972）大感爽快，接着又读了《火烈鸟》（1974）、《看哪，妈妈，鲜花》（1978）、《婴儿不许哭泣》（1978）、《第三世界快车》（1992）、《和我一起来吧，希望》（1994）、《自由哀歌》（1997）、《历史是家庭地址》（2004）。我特别喜欢《吼牛》这个书名，它借用东开普省爵士大师温斯顿·曼库库·恩戈齐的一支歌中的一句。塞罗特的诗歌呈现一种复合的品质：抒情、复调、表现主义色彩，间或伴有强烈的讽刺，沉稳不乏激进的姿态，率性奔涌的语言，细节真实而微地反映了南非人的日常生活的艰辛和屈辱，尤其是城镇黑人。

乍一看，塞罗特的诗歌简朴明晰，但却引人入胜。我的词汇库和英语水平并不突出，但要读懂塞罗特的诗歌，就需要有一双善于倾听的耳朵。他的诗和盎格鲁-撒克逊传统的诗歌大异其趣。当时有些白人批评家，特别是一位名唤 A.G. 乌里亚特的，对黑人诗歌颇不以为意，批评这类口头灵感的诗歌肤浅低能，缺乏合适的“工艺、纪律、艺术和想象力”。

塞罗特的美学是黑色的，体现一种令人鼓舞的非洲形式，富于音乐性，观照个人和集体命运。我意识到塞罗特和其他“黑人意识运动”诗派长于质疑现状，谴责彼时的实施种族隔离政策的政府的种种不义，拒绝班图教育给黑人洗脑。

塞罗特初出茅庐，就以鲜明锐利的诗歌锋芒闻名，鞭挞嘲弄种族隔离制度的野蛮和非人性。不出所料，他为自己的抗议诗歌付出了代价。1969 年，他被捕，长期被单独监禁，罪名是“推动一个被禁组织的目标”。显然，政府害怕诗歌和诗人。邓肯·布朗引用埃米特的话说：“吉米·克鲁格，当时的警察部长，在 1977 年的全国党代会上警告‘黑人权力诗歌’构成的威胁时，显然意识到了索韦托诗歌中正在变得激进这一趋势。”尽管塞罗特诗歌是由自由白人出版社出版的，但他的诗歌彰显了黑人的立场。同样来自约翰内斯堡的文化活动家莫托比·穆特罗泽自封为文化看门人、文学评论家和文学品位、景观塑造者，对新进的黑人诗歌颇感迷惑，随即予以否定。无他，因为塞罗特和其他人的抵抗诗歌挑战了他们的美学，为崛起的黑人抵抗鼓动与呼求，所以必须刻意贬低之。这些诗人，包括塞罗特，“不愿意用他的本土身份来换取‘借来的恐惧’”（引用克拉佩泽·考斯尔的说法）。塞罗特哀叹黑人的声音被压制，于是用诗歌回应异议，他参与点燃革命之火，鼓动黑人同胞质疑压迫的暴力本质，语言率性，态度决绝。

在《我——你永远也休想击败》中，诗人写道：

我——你永远也休想击败
我要不断困扰你
你的孩子被诅咒了

只要你继续行走在这个地球上

只要我一息尚存

你撕破了我的衣服

伤及我的肉体

甚至撕裂我的肉体

鲜血

四溅

你伤及我的骨头

打碎

企图臣服我的灵魂

我——你永远也休想击败

刺头　苦主

我就是你的影子

和你

如影随形

即使有一天

太阳升起

和你如影随形。

对于多数白人评论家来说，尤其是那些受过正式诗歌教育的人，黑人诗歌艺术苍白，过于口语化，刻意追求骇人听闻的效果，而且充斥着陈词滥调，英语不地道，不连贯的意象和奇怪的用语。尽管如此，这种所谓“艺术苍白”的诗歌正方兴未艾，并在全国城镇和村庄的识字人口和文盲口中广为传播。读者甚至不需要借助字典或辞典来理解这些诗到底写了些什么。然而，我更喜欢把这种激进的诗歌和后殖民理论拥护者的作品放在一起读，比如弗朗茨·法农、阿尔伯特·梅米和比尔·阿什克洛夫特、加雷斯·格里菲斯和海伦·蒂芬，他们写了大量关于声音被压制、殖民者和被殖民者、主人和奴隶之间不平衡的权力关系的文章。

采用这种并置阅读，我看得更清楚，把文本理解为一种反映人类存在和自然世界的社会结构。在赞扬那些被认为是可疑的、不够诗意的、缺乏典型的英语语体、有悖西方精致诗歌手册时，穆特洛茨提醒了霸权与文化集团的共谋。因此，是时候冒着文化同化的危险，来承认、验证和欣赏黑人新起的文学标准了。

我们将不得不质疑传统文学的质地：无论是老式的批评家还是读者。在我们完成这项工作之前，我们将不得不在文学惯例上撒尿、吐口水和便溺，拳打脚踢，从而发展出我们心仪的文学样式。我们不需要在意批评者的指指点点，挑三拣四，我们必须进行试验，展开探索。我们作为一个民族，我们已经走在寻找真正的自我——经历自我发现的崎岖的路径上。

诚然，塞罗特的诗歌，频频出现不可预测的停顿、断行和看似不稳定、不合逻辑、不协调的隐喻。然而，这些诗行却能营造一种奔腾不息，汩汩流淌，气势磅礴的阅读效果，促使读者深思，喘息之余，再一次回到这种不知疲倦的诗歌进行中。我在勒玛纳求学期间，老师们习以为常，对这些诗中反抗压迫和不人道的锋芒忽略不见，而把注意力集中在这些诗歌的纯技术方面。可是，塞罗特的大部分诗歌在技术上偏偏非常过硬，他擅于一些习见的诗歌手法：不寻常、抒情、重复和交织。衡平论之，那种偏于结构分析和体裁的文学方法，往往是以牺牲构成的社会学决定因素为代价的。在塞罗特笔下，我们就可以从他对被社会遗弃者的具体细微的刻画中洞察贫困的真相。我情不自禁随着他的许多爵士音乐节奏的诗歌歌咏那些自由斗士、视觉艺术家、音乐家和诗人的诗歌起舞。显而易见，塞罗特的作品充满了痛苦和悲伤，但在悲伤词句的背后，读者读出他为不幸的人们一掬同情之泪与脉脉温情的用心。

在《〈圣经〉哀歌与政治抗议》一书中，政治地理学家安德鲁·威廉姆斯（Andrew Williams）引用了丽贝卡·埃克伦（Rebekah Eklund）对《圣经》哀歌的定义："哀歌是在受苦或犯罪的情况下，向应许拯救的神不断地呼求救恩，满怀信心地希望神回应我们的吁求，并在现在和将来采取行动使我们人性完备。"

我又来了
历史既是生也是死
历史也会转世
用言语道出
感受和行为
历史行走在街市上
一次次重演
就在你的家门口、临窗处，眼前

——《长诗：自由哀歌》

塞罗特的思想真切地印证了我所见过的黑人生存的绝望和肮脏环境，包括我自己在加赞库鲁干旱贫瘠的班图斯坦悲惨的境遇。学者和小说家埃斯基亚·姆法赫勒（Es'kia Mphahelele）认为，要充分欣赏塞罗特的诗歌，“你必须认识到，作为他诗歌实质的现实生活，本身充满了粗鄙、怪异和自然秩序的扭曲”。因此，当大批黑人在种族隔离制度下被集体屠杀（身体上、情感上和精神上）时，塞罗特和他的“黑人意识运动”诗友们不能故作高雅，赞美玫瑰和百合原是生活真实不欺的镜像。塞罗特诗歌的多样性涉及斗争、身份、记忆、过去如何塑造未来以及为什么过去不应该被忽视等主题。诗歌是用来纪念日常生活的。詹姆斯·布斯观察到，塞罗特“歌颂黑人内在的精神力量，他们并非一味主张以怨报怨，以牙还牙，尽管对不公正的耐心思考，经常促使他出语凶凶，令人感受到一种无法忍受的威胁语气”。塞罗特两首典型的表现主义诗歌《大城约翰内斯堡》和《亚历山德拉》，屡试不爽极易引发读者的共鸣，尽管我从未去过这两个地方。在这里，塞罗特栩栩如生描绘了种族隔离下黑人经受可怖的苦难。“是对体制的挞伐，也在读者心中唤起了对无情的混凝土构建的城市森林的厌恶。”但凡有过约翰内斯堡工作生活体验的人，无不为塞罗特的生花妙笔感到体己和亲切，也同样会对此投之以嘲笑和轻蔑的一瞥。五花八门的绰号，“霓虹灯之城”“迷幻之地”“无声的杀戮场”“黄金之城”和“首富之城”，内含一种五味杂陈的况味。

我的父亲丹尼尔·比拉，受遣（我们村庄殖民者菲利普斯先生）前往约翰内斯堡贝德福德维尤区一个富有的白人家庭当园丁。父亲的印象中，约堡可是一个乱哄哄、充满敌意的地方，始终弥漫着一种死亡的气息，街道、林荫大道和广场上游荡着无所事事的恶棍与暴徒；警察专门与黑人作对，不论是非，一味袒护白人。

20世纪80年代，在种族隔离制度下，约翰内斯堡和南非的任何城市，都是白人的天下。政府颁布种种严刑峻法，旨在结束混合社区，代之以种族隔离社区。这座过度拥挤的城市成了犯罪、暴力和死亡的代名词。大多数来自农村地区和邻国的黑人蹲在空旷的土地上，然后涌向城里，希图找到最后一块闪闪发光的黄金。在这个大都市，逗留都有时间限制，如果没有随身携带通行证，情况就更糟了——有色人种最为憎恨的莫过于通行证。约堡让人心力交瘁。由于警察和种族隔离法律的不断骚扰，郊区的黑人居民经常感到愤怒、愤慨和疲惫。他们被告知，他们是作为劳动力的供应才能进出约堡，他们绝非这座城市的主人。他们起早贪黑，登上火车、出租车和公共汽车，赶去白人工厂上班。我父亲不时告诫我，城里一点都不安全。当我第一次来到这个城市时，我确实不知所措，心绪茫然。

在后种族隔离时代的南非，《大城约翰内斯堡》依旧唤起令人不快的回忆痛苦。在《黑人意识和对真正人性的追求》一文中，史蒂夫·比科将黑人意识定义为“群体自豪感和黑人崛起并实现设想自我的决心”。他强调说，“黑人意识试图做的是在这个过程的输出端产生真正的黑人，他们不认为自己是白人社会的附属品”。马格博·帕西·摩尔认为：“在一个白人至上主义的世界里，一个被认定为黑人的人的意识总是可疑的，他的人性永远是一个问题——或者换句话说，在这样一个世界里，一个黑人是这样一种存在，因为他的肤色发黑，他的存在自动受到质疑。”

尽管诗人塞罗特瞩望一个免于贫穷和匮乏的新南非，但现如今的南非社会弊端丛生，大煞风景，来之不易的自由大打折扣。伤口、痛苦、眼泪、鲜血、尖叫、恐惧、黑暗和妓女等残酷的语言，在60

年代末塞罗特开始写诗时曾用来描述黑人和贫穷的工人阶级的状况，这些语汇用在前自由战士所倡导的民主制度，继续定义着后种族隔离时代的现实。

城市贫民的生活条件每况愈下。以约堡为例，约三百万居民涌入内城，令其人满为患，不堪重负。住房匮乏，人们不得不蜗居挤在老破旧的房屋里。城市肮脏不堪，保洁工人薪资可怜，经常停工罢工，呼吁涨薪。无业游民继续起早贪黑来到北郊打零工或找活干。妇女则在中产阶级家庭做家政当保姆。外国人，尤其是津巴布韦人，塞满了早已饱和的酒店业，他们甚至被迫接受面包屑代替工资。文盲和半文盲的人都在开出租。城市重建计划早已拟定，但却因持续的腐败和无能无法动工。这座城市早已超龄老旧的基础设施正在迅速崩塌。2023 年 7 月，市中心莉莲格伊街发生了甲烷泄漏，随即燃爆炸毁了一段四百米长的道路，举市震惊。爆炸发生的时候，我正在约堡，那天晚上我给家里打电话，给家里报了平安。爆炸事件催生了一首诗，在我脑海中激荡。我称它为“高峰时刻”。

四处作恶的城市恶棍们，就像当时的索非亚镇、亚历克斯和索韦托的帮派一样，继续祸乱约堡和整个南非。南非有超过六千个废弃的矿山，还有成千上万的非法矿工，也被称为“砸嘛砸嘛”（zama zama）——一群在户外活动的犯罪集团，他们无视法律，出没在地下黑暗潮湿、已遭废弃的矿山中。约堡曾经是一座黄金之城（尽管可淘之金屈指可数了），现在居然演变成恶棍流氓的家园，居民面临着无数的危险与不测，包括不断的警察骚扰、谋杀、吸毒、洗钱和敲诈勒索。在自由省韦尔科姆的一个矿井，甲烷爆炸导致三十一名非法矿工死亡（其中大部分来自莱索托）。2023 年 8 月 31 日，一场最致命的火灾吞没了约翰内斯堡一座非法占领的政府所有建筑，造成七十七人死亡，八十八人受伤。被劫持的建筑物通常变成棚户区，在市中心比比皆是，极度匮乏的住房问题，和其他困难，诸如贫穷、失业和不平等，以及隔离发展的遗留问题相叠加，形势急转直下。约堡诗人西非维·卡尼文雅抱怨“乞讨已经成为一种职业”。黑人依然是绝对意义的弱势群体，收入极不稳定的小贩，或者在工厂、商店打工，要不就去从事扒窃的勾当。讽刺的是，那些犯事被定罪，被关起来的人，反而在监狱里享受着免费的饭菜和热水！这座大城的贫困程度难以言表，无法衡量。其基础设施因年久失修正在迅速败坏。许多高楼大厦被非法移民占据，变成了棚屋。这些棚屋不再有可靠的电力和水供应，洗浴设施遭到破坏。街道上遍是污泥浊水。在公园车站的人行道上，小贩们堆放着他们的商品——出售各种各样的东西，电缆，假冒商品，价廉物劣。妇女们在街上兜售各种小吃，甜甜圈、薯条和茶。妓院比比皆是，是众所周知的毒品避风港。由于犯罪失控，富人已经从内城搬到了封闭的郊区。

塞罗特的《大城约翰内斯堡》，虽然写于种族隔离制度最严酷的20世纪70年代，但在今天读来依然新鲜，具有现实意义。诗中的主人公就是一个没有安全感的非洲人，他在这个有着“浓浓的铁屑气”的城市打工，城里污染严重，空气恶劣。这个失却人性的城市早晚都在“吸入”和“呼出”铁粉和打工人。工人们回到“我的干沟，我的尘土，我的人民，我的死亡/死亡潜伏在黑暗中，就像一把利刃”。可悲的是，痛苦和不平等，依旧定义了后种族隔离时代的南非。

黑人城镇、村庄和非正式定居点的黑人多数的贫困程度达到了前所未有的程度。桶式供水系统在某些地方已经弃之不用，但在贝克尔斯达尔等一些乡镇仍在使用。虽然“通行证法”被废除，但大部分拥有智能身份证的人很难找到工作。多数工人阶级从事的工作都是技术含量极低的：卡车、公共汽车和出租车司机，厕所清洁员。这些活计差强人意，勉强糊口，丝毫不会提高劳工的尊严。埃斯基亚·姆法赫勒说：“作为一个黑人，你必须不断地对周围的拉扯、推搡做出反应，对夜晚的尖叫、恶臭和恐怖做出反应，对工作日的砍杀和冲撞做出反应，对贫民窟生活的肮脏和气味做出反应。”

占多数的黑人社会经济状况没有改善，完全可以归因于“非国大”政府一系列荒腔走板的政策选择。1994年初，政府通过了重建和发展计划（RDP），令人颇感振奋，幻想这个破碎的国家终于踏上了复兴之旅。RDP强调，人民将成为提供服务和创造可持续就业机会的核心。病人将得到免费医疗。干净的水将供应到户。虽然取得了一些进展，但很快RDP戛然而止。我们被告知，全球经济崩溃需要另一种方法来管理经济。这个国家应该勒紧裤腰带，谨慎管理财政资源。到了1996年，政府又开始采取一整套所谓的增长和再分配战略，这是一项新自由主义政策，促进了外包、私人部门投资和向精益经济的转变。垄断性国企南非电力电信经营不善，开始裁减蓝领工人，成了当时的潮流。

南非需要和解。南非遭受了重创。塞罗特是继考斯尔和玛奇西·库内内之后于2018年就职的第三位南非国家桂冠诗人，塞罗特充分意识到“非国大”政府这些政策的粗疏，浮泛，不切实际。在《自由哀歌》中，他希望我们不要忘本。历史和社会条件关系到人民。他希望这个国家尊重自己的自由战士老兵，但本质上，他希望这个国家尊重其多样化的文化、语言、宗教和习俗。在《自由哀歌》一书中，塞罗特指出，自由来之不易，自由并不便宜，南非种族隔离时期的历史上充斥着无数的暴行、屠杀、折磨、杀戮和绞刑。早在1969年，塞罗特就因1967年的《恐怖主义法案》而入狱。因为他的诗呼应了被压迫者的声音，支持并开展了ANC以及后来被取缔的ANC的活动。正是在这段被单独监禁的时间里，塞罗特写下了这首诗《冷眼观世》：

不动声色，
就像植物呈现出的颜色一样沉默：绿色，
让我细思一下究竟发生了什么
房子逼视之下，我纳闷：还有活人吗？
因为当我发问时有些不对劲——那个人还活着吗？
我想看看到底发生了什么
不动声色，
像植物的生命一样安静，

因此，尽管有必要原谅那些严重侵犯人权的人，但忘记过去是鲁莽不智的。1994年为这个国家带来了新的曙光和希望——一个有着制度化的种族主义、部落主义和阶级主义造成的分裂的尖锐历史的国家。新南非的决策者设想了一个新国家，建立在承认所有南非人不分肤色、种族、阶级、信仰或性别的，人权、民主和平共处的基础上。1994年有望结束贫困，如雨后春笋般出现的棚屋、失业、污水泄漏和公共服务阙如的种种弊端。尽管有超过二点二万名被政治暴行过的受害者发表声明，经常叙述他们的基本人权是如何受到破坏的；他们详述了种族隔离时期酷刑、杀戮、失踪和绑架以及严重虐待的血腥故事。该国对真相与和解委员会（TRC）的希望是通过团结、和平，与人民之间的和解和赔偿来重建他们破碎的生活，但由于政治暴力肇事者不愿承担责任和政府未能执行 TRC 的建议，这一希望已经破灭。由于未能充分执行 TRC 的建议，TRC 促成的《促进民族团结与和解法》无法落到实处。其结果，后种族隔离时代的南非，匮乏的顽疾不见好转，大规模的暴力犯罪危及社区，人民的生活困苦不堪。

就此而言，在将《自由哀歌》认定为挽歌的同时，也有必要对其史诗属性进行评析。这首诗的史诗性不仅体现在其巨大的篇幅结构，如数家珍唤起了解放斗争的宝贵回忆。哀悼之余，塞罗特同时也讴歌那些为废除种族隔离制度而牺牲生命的人的英勇壮举。显然，正是英雄人物的行动，才带来了胜利，这恰恰是史诗的一个定义特征，颂扬与哀悼相辅相成。

解放斗争胜利后，塞罗特返回故国南非，他和在战争年代并肩作战的同志们设想了一个不同的、平等的、更好的南非，这里将诞生真正的民主。这将是一个充满希望、和解与自由的南非。贫穷、种族主义、部落主义和绝望将被扫进历史的垃圾箱。然而，民主的曙光姗姗来迟，90 年代是一个旨在民主宪法分配的政治谈判时代，最终被黑人城镇的血腥、痛苦、彻底的绝望和苦难所玷污。由二十个不同政党和组织组成的“民主南非公约”（CODESA）因在多数统治和地区权力问题上的分歧而垮台。国家机器或被称为“隐藏之手”或第三势力的匿名黑暗势力，展开了一场令人作呕的恐怖运动，导致 1990 年 7 月和 9 月在博伊帕通镇、塞博肯镇，1991 年 3 月在达维顿镇和亚历山大镇、豪登省的索科扎镇——当时是比勒陀利亚、威特沃特斯兰德—弗里尼辛镇（PWV）的大规模屠杀，以及纳尔逊 · 曼德拉和塞洛特党之间的野蛮屠杀。"非国大"和布特莱奇的班图斯坦党以及纳塔尔中部的因卡塔自由党也党争不已。据称，该组织主导的国家安全部队暗中破坏了政治谈判。还有数十人在出租车暴力和火车暴力中被残忍杀害。从 1990 年中期谈判开始到 1994 年 4 月选举，估计有一万四千名南非人死于与政治有关的事件。1994 年，大卫 · 菲利普出版社出版了塞罗特的诗集《来吧，和我一起希望》。学者萨姆 · 拉蒂哈罗观察到，这首诗"庆祝从流放中归来，其主要形象是道路。这是一次充满焦虑和危险的回归"。在这首诗中，理想主义诗人塞罗特呼吁和平、正义与和解。他对乌班图、人类团结和善良随着民主和自由的到来而被侵蚀感到困惑。他深为悲痛地注意到，新南非已成为土著人和回返者（包括他自己）的一种流亡形式，他们受到警察的骚扰并面临死亡威胁。

每每重温塞罗特的诗歌，尤其是他写于 70 年代的诗歌时，我都不免惊心于它们在如何应对人性叵测的智性预言。吸引我的不仅是他早期的抗议诗歌和他冗长而冷静的史诗的前瞻性，尽管更迭了政府，形势依旧危如累卵。激进的英国诗人雪莱（1792—1822）有一句名言："诗人是世界上未被承认的立法者。"以南非为例，我们完全有理由同意雪莱的观点，因为塞罗特富有想象力的诗歌实践显然与他的政治和文化激进主义有关。这种对创造性实践和政治参与的承诺往往会使政府害怕诗人，导致不受欢迎，被边缘化、迫害，乃至被杀害。只是，尽管南非的社会变革步伐缓慢，现政府还没有走到采取禁令、监禁和隔离诗人的那一步。至少截至目前它还容忍异议。塞罗特的诗作，还有詹姆斯·马特维、英格佩勒的诗作，过去都是禁书，书报检察官眼里可容不得这样的"沙子"。另外，令人担忧的是，像塞罗特、马菲卡·瓦拉、西佛·赛帕拉这样的优秀诗人很少受到重视。是的，这个国家授予了像塞罗特、考斯尔和其他文豪某些荣誉头衔，但是这些诗人的作品很难在公众中获得传播。塞罗特那些用本土方言写成的古典诗歌没有英语译本。黑人经历的痛苦不仅是身体上的，而且是文化上的，这是一个被同化和被控制的政府造成的，它破坏了自己的支持基础和人民。据我所知，至今没有辟出一片场所，辑录保存塞罗特的文学档案。虽然塞罗特的一些诗歌已被翻译成若干种外国语言，但我还没有看到他的诗歌被翻译成南非土著语言。也许是疏忽。

2024 年，一个五岁的男孩，小迪特博戈·法兰在他位于茨瓦内索尚古维镇的家外的一次打劫中被枪杀。周五晚上 10 点刚过，迪特博戈走出家门迎接他的父亲，这时劫匪突然袭击了他们。法兰中枪后毙命。类似的故事数不胜数。在民主的早期，塞罗特在政府中担任过不同的职务，倡导泛非主义的项目，如非洲文艺复兴。他在倡导道德复兴和纪念在南非战争中丧生的人方面发挥了重要作用，其中包括解放斗争的领导人如史蒂夫·比科、奥利弗·坦博、海伦·约瑟夫、阿尔伯特·卢图利、布拉姆·菲舍尔以及总统萨莫拉·马谢尔和阿米尔卡·卡布拉尔。

结语

塞罗特早期的诗歌活力四射，情词恳挚，充溢着锐利的社会评论和反抗精神，得益传统口语文学的启发，题材全面贯通南非黑人从抗议到抵抗，从解放胜利到后隔离民主受挫陷入停滞每一个历史阶段，充斥着喜剧人物，包括醉汉、瘾君子、乞丐、妓女和其他社会弃儿和居民。他着力描绘黑人骇人的生存境况，而种族隔离的野蛮、失败的资本主义、过于泛化的身份政治，人权遭侵犯不受追诉，都加剧了这种境况。塞罗特的诗歌肯定了黑人的情感、直面贫民窟惨景的勇气，提醒诗人们关怀本土深陷绝境乃至世界各地边缘人群的存在，在当今仍然具有现实意义，每时每刻发生在南非贫民窟的那一幕——底层人民屈服于赤贫、毁灭性的艾滋病毒/艾滋病、偶发性失业、生态噩梦、仇外心理和腐败的淫威，使得重建、治愈与和解的努力变得艰难，但也更值得追求。正是塞罗特雄健的笔力、讲真话的能力和作为治疗者的精神天赋，给予了这个国家勇气，维持对未来的希望于不坠。

沃拉尼·比拉[1]

① 沃拉尼·比拉（1972—，Vonani Bila），著名诗人、小说家、音乐家、编辑、翻译和出版商。

附录二

南非二级教育过程中的塞罗特

诗人，获得文坛认可，总是一种荣幸。然而，其作品被纳入学校课程供年轻人阅读，则是这种认可的最高形式。蒙加内·沃利·塞罗特可谓这两个领域中的翘楚。他的诗歌受到了文学评论家的广泛关注，其中的“国际主义”（Olaoluwa，2010）、“解放”（Narismulu，2015；Sakiru，2018）和“时间性”（Borzaga，2015）诸主题，最受瞩目。早在1975年，道格拉斯·利文斯顿（Douglas Livinsgtone）在评论塞罗特两本已出版的诗集时表示：“我读塞诗，常从悲愤之中味出沉郁，悲愤在心境，沉郁在语言，却在诗中融为一体。因之，在他最好的作品中，这种郁怒每每感染读者，有歌哭行吟之慨，令人对卷低回。”利文斯顿对塞罗特为人为文一语中的，尽管他对其诗歌中的弱点也啧有烦言。1985年，另一位批评家埃斯基亚·姆法赫勒对塞罗特的诗歌提出了自己的看法，他用了一个类比来描述塞罗特和他的诗句：

我把塞罗特本人和他的诗句比作一块从高处滚下来的巨石，撞碎质地不那么坚硬的岩石，在岩石表面和灌木上碾磨和跳跃，猛击犁沟，撞上一树干停下来一会儿，但是，凭借自身的重量和动力，找到一条绕过树干的路，沿着其必然的路线前进，最后在平原上停下来。

这个类比揭示了塞罗特诗歌内涵的话语力量。利文斯顿和姆法赫勒双双都很欣赏塞罗特的诗歌的一个母题，即塞罗特对家庭关系的敏感度以及对维持这些关系的人——母亲、祖母、阿姨、亲戚和祖先亲情的抒写。埃索普·帕特尔在评论塞罗特的小说《每一次诞生都是鲜血》（1981）时说道：“这是一部关于自由和死亡的深刻作品；它强化了蒙加内·塞罗特对解放和文学的双重承诺，同时使他成为南非最重要的情感历史学家之一。”1995年，安妮·塞拉芬（Anne Serafin）在对非洲文学的概述中将塞罗特视为南非“伟大受人尊敬的作家”之一。在当时，这是一个重要的批评宣示，因为南非黑人作家在本土之外几乎不为人所知。南非文学主要通过纳丁·戈迪默、艾伦·佩顿、多丽丝·莱辛、阿索尔·福加德和J.M.库切等白人作家而闻名海外。

塞罗特对南非文学，特别是解放斗争诗歌的贡献，得到了文学评论家的广泛认可，但布伦登·尼科尔斯的一项研究表明不仅如此：他将塞罗特置于索韦托诗人群体中，其中“诗人与政治行动主义的对应被解读为俗语理论的一种形式，其对大众日常经验的扎根观察，因其创造性的比喻性诗歌反应而放大，并因此获得了概念动力”。尼科尔斯通过非殖民化和流行诗学的视角对塞罗特的诗歌进行了颠覆性的解读，提高了塞罗特作为一位有成就的诗人的认可程度。

行文至此，我更感兴趣的是把塞罗特视为思想的老师，而不仅仅是思想的生产者。我想谈谈塞罗特纳入中学课程的教育学意义。作为一名教师，我本人对诗歌教育有着特定的研究兴趣，这几乎成了我的职业习惯：换言之我非常关心诗人如何走进二级教学的中学课堂。我同意亚当·库珀的观点，他认为“诗歌具有丰富的教育潜力，可以用有意义的方式与学习者的日常生活联系起来，并通过超越纯粹理性和认知形式的探究、通过探究情感领域来吸引他们”。借此机会，我提出一些关于他的诗歌在南非英语课程以及南非以外的课程中占据的空间的几点观察。

由于南非的种族历史，学校英语课程分为英语母语（英语 HL）和英语第一附加语言（英语 FAL），前者针对以英语为第一语言的学习者，后者针对以英语为第二或第三语言的学习者。根据格莱斯·姆韦扎（Grace Mavhiza）的介绍，塞罗特的《沉睡的黑人男孩》被列为 2021 年 11 年级英语 FAL 学习者的必读物。这意味着南非所有教授英语 FAL 的公立学校的课堂都必须教授这首诗。塞罗特《沉睡的黑人男孩》也出现在 2019 年 11 年级英语 FAL 课程中（国家教育合作信托基金，2019 年）。ZAPP（南非诗歌项目）成员于 2021 年编写的英语 FAL 教师诗歌手册包含塞罗特的另外两首诗《衣服》和《亚历山德拉》，并提供了大量注释指导教师如何在南非诗歌中教授这些诗歌。这一事例表明，塞罗特有几首诗进入了中学课堂，在英语 FAL 课程中占据了令人垂涎的一席之地。不仅如此，塞罗特在中学课堂广受师生们的欢迎。莫鲁法内·莫拉拉（Morufane Mohlala）也证实，塞罗特的诗歌是 2009 年、2010 年和 2011 年 10—12 年级英语 HL 课程中规定学习内容。这说明塞罗特已在南非英语课程中存在了很长一段时间。莫拉拉提到的英语 HL 课程中，塞罗特与以下经典作家齐名：尼日利亚钦努阿·阿契贝（Chinua Achebe）和津巴布韦查尔斯·蒙戈希（Charles Mungoshi）等非洲作家以及约翰·济慈（John Keats）、威廉·莎士比亚（William Shakespeare）、威廉·巴特勒·叶芝（William Butler Yeats）、T.S. 艾略特和珀西·比希·雪莱这几位英语文学的经典作家。这一事实非同小可（即塞罗特作为作家的经典化进程已经开启）。当然，也有研究者抱怨这种封圣伴随着非洲女性作家在课程中被边缘化了。好消息是，虽然课程仍然以男性为主，但重要的是要承认塞罗特通过他在艺术和文化方面的工作，倡导南非社会政治结构的转型，以便妇女能够从南非的平权行动中受益。

塞罗特名重二级教育的场域，并非取决于他操过教师职业，但他的工作对教师们影响巨大：那些在学校教授他的诗歌和小说的教师们。前面提到的利文斯顿对塞罗特发表评论时，他正在纳塔尔大学霍华德学院举行的印度教师协会英语协会会议开幕式上向一屋子在职教师发表讲话。时间是 1975 年 9 月。显然，利文斯顿选择谈论塞罗特的诗歌，以及奥斯瓦尔德·姆查利和西弗·塞帕拉的诗歌，因为他知道三位诗人的作品在这些老师管理的英语教师中占据着中心地位。虽然塞罗特对英语教师的影响是通过利文斯顿的代理发生的，但有证据表明他对教师的生活产生了更直接的影响。一个例子是穆萨·马森布卡（Musa Masombuka），一名二十二岁的英语职前教师，在南非大学攻读教育学士学位，塞罗特指导他于 2020 年出版了题为《哀歌与赞歌》的诗集（*Unisa*，2020）。塞罗特曾自谦自己“不是教育家，”但从他自己的著作中可以清楚地看出，他很重视诗歌在教育南非儿童方面的作用。根据卡罗琳·欧恩贝（Carolyn Ownbey）

的说法，“塞罗特明白他有责任启发和教育”。欧恩贝引用塞罗特1986年在斯德哥尔摩第二届非洲作家会议上的发言：“作为作家，我们必须用知识、希望、乐观和勇气武装我们孩子的思想和心灵，从而达至消解种族隔离的目的。”如此深刻地阐述了批判性教育对南非儿童的价值，体现了塞罗特对年轻人思想教育事业的奉献精神。在这样的场合，必须承认他的诗歌和小说是他向学校学习者传达这一教育使命的关键工具。

诗人进入二级教育课程的主要方式之一是通过诗选。这些选集通常经过精心编撰，包括各种诗人和诗歌关注点，为学校和大学指定，用于正规的课堂学习。我本人是在喀麦隆读的高中，正是通过沃勒·索因卡编辑的《黑非洲诗集》（1975），我有缘结识丹尼斯·布鲁图斯和马齐西·库内内这样的南非诗人。在我那个时代，这本选集是高中六年级学习者的指定文本，我们必须学习其中的许多诗歌，以准备A'Level考试（高中的最终结业考试），其中一些诗歌和考题直接绑定。作为一位诗人，塞罗特已经进入了几部著名的诗歌选集中，激发读者的想象力，并在读者周围编织了批判性思考的网络。在迈克尔·查普曼（Michael Chapman）编辑的《百年南非诗歌行》（*A Century of South African Poetry*，1981）中，收录了他的七首诗：《大城约翰内斯堡》《亚历山德拉》《圣诞节》《献给唐·马特拉——禁令》《黑白诗》《赞美诗》和《这黑色的狗屎里到底是什么？》。查普曼编辑的另一本诗集《南非英语诗歌纸质书》（1986）也收录了塞罗特的六首诗：《跪下的女人》《衣服》《大城约翰内斯堡》《朋友——祖玛》《谁能说》和《时间已到》。在国际层面，塞罗特出现在杰拉尔德·摩尔和乌利·贝尔编辑的《企鹅现代非洲诗歌集》(1984)中。选集中的诗人按国家顺序排列，塞罗特自然出现在南非，他的名下有三首诗:《成长之道》《地狱，好吧，天堂》《冷眼观世》。该选集的出版商伦敦企鹅兰登书屋将其列为中等教育选集的一部分。因此，透过纳入选集，塞罗特已经渗透到南非以外的教育领域。

如果我在学校课程中谈论塞罗特而不提及他对高等教育课程的影响，那就是我的失职。由于大学课程往往不如基础教育课程那么规范，有人可能会说塞罗特进入大学课堂的机会有限。但这只是看待问题的一种方式。事实上，人们可以说，大学课程设计的灵活性为喜爱塞罗特作品的学者创造了更多机会，将其带入他们的演讲厅。这正是年轻学者马诺萨·恩苏尼亚(Manosa Nthunya)的经历，2019年，当他有机会在约翰内斯堡的一所大学教授文学时，他决定教授塞罗特和莱博·马什勒(Lebo Mashile)的诗歌：他选择教授他最喜欢的诗人的诗歌。塞罗特的诗歌和散文创作受到南非大学和海外学者的广泛研究，正如本文开头引用的文献所示。可以预期，这些学者将教授塞罗特或在其职业生涯的某个阶段教授过塞罗特。2010—2011年，我在南非大学(Unisa)做学期阅卷工作，英语研究系本科课程之一的指定诗歌教科书是诗歌选集《季节循环》，该书由海伦·莫菲特(Helen Moffett)和埃斯基亚·姆法莱勒(2006)合作编辑。值得注意的是，这本诗集收录了塞罗特的三首诗:《亚历山德拉》《大城约翰内斯堡》和《献给唐·马特拉——禁令》。因为这本选集是专门为学生设计的，所以它包括所有诗人及其诗歌的学习笔记，使其成为像南非大学这样的远程学习机构最有用的教学资源。在这种情况下，塞罗特的诗歌将渗透到世界各地成千上万的学生的学习生活中。在尼日利亚，塞罗特的诗歌已进入大学课程。例如，拉各斯国立开放大学为英语系研究生设计的一门名为“非洲书面诗歌研究”的课程，讨论了塞罗特在种族隔离时期对南非文学抗议传统的贡献，以及他的诗歌艺术的发展。

本文引用的例子都表明了塞罗特的著作在国内外的基础教育以及高等教育中发挥的重要作用。塞罗特也许不是一位教育家，但他确实通过他的纸媒作品教育了学习者、学生、教师和讲师以及所有文学爱好者。2015年4月，我在比勒陀利亚举行的一次公开演讲中与塞罗特进行了个人会面，演讲者是尼日利亚出生的多才多艺的作家本·奥克里（Ben Okri），我们都是特邀小组成员，这让我明白，塞罗特其人，其诗，对于我们的世界，关系重大，因其不仅关乎人类的反抗事业，也关乎如何以完好无损的人性退出任何斗争的重要性。

内奥米·科拉赫[①]

---

① 内奥米·科拉赫（Naomi Nkealah），目前在约翰内斯堡威特沃特斯兰德大学教育学院语言、文学系任英语高级讲师。2011年在金山大学获得非洲文学博士学位，曾在林波波大学、南非大学和金山大学任教。致力研究当代非洲女权主义，以及探索非洲妇女文学中性别暴力和妇女赋权的表现。

译后记

蒙加内·沃利·塞罗特（1944—）是当今南非最负盛名的诗人和作家。他早年加入“非国大”，参与政治活动，抵抗实施种族隔离政策的政府，1969 年被捕并未经审判被拘留数月。随后，他流亡海外，先后在美国求学，潜回非洲，前往博茨瓦纳，加入游击队和白人政权作战，受遣赴英伦为“非国大”艺术和文化部工作。

塞罗特的诗人生涯基本上和白人种族主义政权严酷的“种族隔离”统治始与终相重叠。他对自己所处的特殊时空有一种天然的敏感，“为时而作”是读者理解他的作品的钥匙。苦难叙事和反抗则是塞罗特为人为文的两个最著名的标识，从而为种族隔离时代提供了编年史意义的文学范例。

作为第三任南非桂冠诗人，塞罗特主要因其作品中的激情、对政治解放毫不妥协的承诺、博大的同情心，以及他在“陈词滥调的形象或表达方式与令人惊讶的原创形象或表达方式之间保持的张力而闻名”。除了诗歌，他还写了长篇小说、短篇小说和大量讨论文化与政治解放之间关系的文章，以文学形式揭露“种族隔离”政策反人性本质，倾诉黑人群众追求自由的强烈愿望。1993 年，南非种族隔离制度解体，诗人结束十七年的流亡生活，回到祖国，定居在开普敦。古稀之年，他依旧秉承“诗人为世界立法”的雄心，反抗种族隔离战斗胜利之后，立即转入更为艰难的疗治民族创伤，实现社会公正的事业，赢得了国际社会和新南非全体国民的尊敬。

塞罗特诗风深受华兹华斯、雪莱影响，是华兹华斯教会了他尽力选用日常语言，把作品写得明白晓畅，使读者容易读懂，有时直抒胸臆，酣畅淋漓，而更多的时候则是托物寄兴，委婉蕴藉。

《大城约翰内斯堡》作为塞罗特名篇之一，选入南非中学教材，被誉为20世纪最著名的南非诗歌之一（大约写于1971年），讲述了一个住在约堡城外贫穷的非正式定居点的年轻人的故事。他必须起得很早去上班。作为一名黑人，如果没有通行证，他就不能进入这座城市（描述他如何在裤子口袋或夹克内袋中快速寻找通行证）。他常常一大早就离开，留下他所爱的人，他所说的喜剧屋是指他的非正式房屋，这些房屋位于尘土飞扬的地方。年轻人很穷，钱包很薄，可能只有这张通行证。他常常空着肚子离开家，身无分文。

约翰内斯堡市是一座不断扩张的大都市，因19世纪80年代在周围的威特沃特斯兰德发现金矿迅速发展起来。南非现代种族隔离的历史与19世纪末工业化的兴起密切相关，密集的采矿工业导致需要获得廉价劳动力来推动该地区新兴工业的发展，同时保留白人城市的种族构成。随着1948年种族隔离政策的实施，这一过程得到了加强。塞罗特的诗是对种族隔离制度的一种文学控诉。尽管塞罗特以“霓虹灯花”和“水泥树”（指该市广阔的城市森林般的高层建筑）向（以讽刺口吻）现代城市约翰内斯堡致敬，但他也回顾了以前黑人指定地区的退化环境——以水土流失为特征的地方、

"dongas"（干沟）和无处不在的灰尘。换言之，在这首诗中，塞罗特记录了南非种族隔离制度对人性和生态环境造成的双重破坏。

《亚历山德拉》，同样写得明白晓畅，主旨是诗人对种族隔离期间他在亚历山德拉镇的艰难成长的哀叹。诗人把小镇比附为母亲，回忆起他在小镇长大的贫困和艰辛，如何经常饥肠辘辘，遭受欺凌。小镇肮脏贫困，人们艰辛度日，诗人表达对母亲的爱的同时，也表示恐惧和困惑。但在与种族隔离的不公正做斗争时，诗人最终回到家乡避难。

亚历山德拉是位于约翰内斯堡附近的一个黑人小镇，诗人在那里长大，因此在整首诗中，他指的是他居住的地方——亚历山德拉。他称其为母亲，因为家庭就像母亲一样养育一个人——就像地球母亲一样——这是一个常规意义上的隐喻操作。诗人频出激愤之言：修辞性设问为什么这个母亲给自己的一生带来如此之多的麻烦。透过拟人化、隐喻形式，诗人不断重复的名字以及针对她的反问——例如，"你对我做了什么"——建立了一种无助和受伤的语气，给读者带来一种悲伤的感觉，表达了他童年时所面临的困难和歧视。在这里，我们看到诗人并没有直接描述苦难，而是绝望地愤怒地向他的母亲城镇讲话。塞罗特在这篇作品中运用了意象、象征、反问、重复和隐喻。

本书特别收入塞罗特 1997 年出版的长诗《自由哀歌》。这部作品被批评家奥拉洛瓦描述为一次融史诗和挽歌为一体的成功写作。就其篇幅（32 开版跨 69 个页码），《自由哀歌》足具史诗风范。就其基调又是挽歌，因为它涉及与反种族隔离解放斗争相关的悲伤、痛苦和死亡问题。

后种族隔离时代的南非文学充满了哀悼主题。《自由哀歌》是这种哀悼叙事的典范。之所以多位诗人选择哀悼主题，是因为它使他们能够回顾过去“探究过去由于种族隔离制度给受害者造成的巨大伤痕和创伤而变成的可耻污水坑”。借助哀悼，塞罗特在哲学高度探讨了自由和历史的本质，歌颂了那些反抗殖民统治牺牲生命的著名英雄，特别是普通民众在反种族隔离斗争中做出的贡献，描绘了警察暴行和酷刑的可怕场景，从而证实了黑人社区的反抗合乎公义和历史逻辑。

我国近年一直推动“一带一路”倡议，与沿线几十个国家发展经贸合作，政府虽有呼吁文学文化的交流交融，令人遗憾的是，汉语世界却少有对非洲当代诗歌的研究与翻译。查阅百度，简体汉语世界对塞罗特的诗歌成就乃至本人介绍干脆付阙。出版界自改革开放以来，非洲诗歌的翻译出版不过寥寥三册。

1986 年，四川人民出版社，《非洲诗选》。

2003 年，河北教育出版社，《非洲现代诗选》。

2010 年，菲利帕·维利叶斯、伊莎贝尔·阿闺热、萧开愚联合主编，世界知识出版社，《这里不平静：非洲诗选》。

至于单人诗集，外国文学出版社 1983 年出版过薄薄的一册《桑戈尔诗选》。

学术研究方面，国内 2019 年由上海大学非洲英语文学首席专家朱振武主编的《非洲英语文学研究》（华东理工大学出版社，2019 年）第一编收有一篇王培根撰写的《南非文学说略》，其中简略提到了塞罗特的创作。这是笔者见到汉语世界第一次出现塞罗特的名字。

主编朱振武教授在第一编第一篇文章抱怨非洲文学在中国的边缘地位（非主流），另一位学者邓云探讨了“近百年来非洲文学在中国翻译出版的特征与困境”。

概而言之，本书的出版是一次开拓性的尝试。译者和南非著名学者比拉教授和塞罗特本人反复协商，本书收入塞罗特五十余年创作的代表性诗歌五十二首，外加长诗《自由哀歌》。塞罗特本人惠赐序言，南非网站 SAHO（South Africa History Online）惠允授权翻译学者马修·威廉姆斯的大文《塞罗特：一位透过诗歌鼓舞人民反抗种族隔离的艺术家》，文末附上两篇南非学者沃拉尼·比拉博士（林波波大学）和内奥米·科拉赫博士（金山大学）专门为本书出版撰写的介绍性文章，方便中国读者阅读，笔者在此特别致谢。

黄少政

2024 年 5 月 3 日于广西南宁学院